TOK
TOK
TOK

초인적 힘의 비밀

초인적 힘의 비밀

THE SECRET TO SUPERHUMAN STRENGTH

앨리슨 벡델 지음
안서진 옮김

채색 협업. 홀리 래 테일러

OOMZICC PUBLISHER

홀에게

먼저 산이 있었고,
없어졌다가 다시 나타났네.

—
도노반*

* Donovan. 스코틀랜드 출신 포크 록 싱어 송라이터.

얍!
후!

하이-얏!

쪼옥!
SCHXXX!

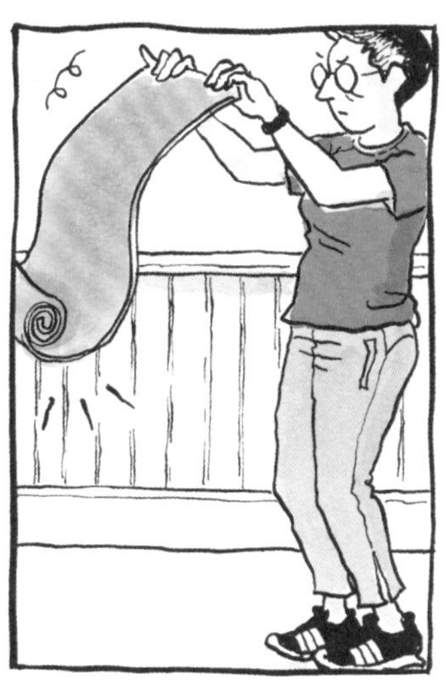

후우

GRINK-K-K!
끄으-으-응!

어이,
거기 있는 걸
못 봤네!

늘 하던 관리를
살짝 하는 중이지!
꼬리뼈는 안으로 당기고
허리는 펴고!
엉덩이 근육은
탱탱하게!

책벌레 같은
겉모습 탓에
믿기 어렵겠지만…
…사실 나는 좀
운동광이야.

오해하지 마.
난 운동을 썩 잘하지는
않아. 선수는 아닌걸.
그건 전혀 다른 이야기지.
여기서 내가 다루는
내용은 아니야.

좀 활발하게 움직이는
편이긴 하지.
SQUEE
SQUAH
꽈악 꽉

내가 다른 시대에 태어났어도
그랬을지 가끔 궁금해.

언제나 활발한
사람들은 있게 마련이지.

좋건 나쁘건.
TIME
FEB 17, 1936
HITLER'S LENI
RIEFENSTAHL
타임,
히틀러의 레니 리펜슈탈●
그래도 나라는 사람은
내가 태어난 시대의 산물일 수밖에
없다고 생각하곤 해.

나는 베이비 붐 세대
끝자락에 태어났어.
운동의 시대가 동트기 전,
원시의 어둠 속에서.
스포츠에 관심이
있었다 하더라도,
여자아이들을 위한
스포츠는 없었어.
남자아이들에겐
작은 리그가 있었지만,
그게 다였지.

티볼●도, 축구도, 수상 스포츠도 없었고, 아무도 태권도 토너먼트에
아이들을 데리고 다니지 않았어.
잠수함
Brillo
Mat's
ROOT BEER
아파트 건물
마을

텔레비전 다이얼을 돌리려고 일어나는 것 말고는 운동하지 않았지. 지칠 정도로 근육을 쓰지도 않았고
극한을 느낄 때까지 몸을 단련하지도, 스키나 스케이트보드를 타고 울퉁불퉁한 길을 기가 막히게 달리지도 않았어.
NET
좀 편안했어.
하지만 이 모든 것이 곧 바뀌게 돼.

● 나치 선전 영화를 만든 독일 여성 영화감독.

● 야구를 변형한 구기 종목. 야구와 달리 투수가 없고 'T' 자 모양 막대기 위에 올려 둔 공을 타자가 치고 달리는 방식.

순수한 기쁨은 도처에서 물에 잠겼어.
선한 무리는 신념을 잃고, 악한 무리만이 열정에 가득 차 널뛰지.*
운동 기기가 지루하다면 수업에 등록해! 없는 게 없어!
GYM
세상이 미쳐 버렸어!
평화주의자들이 신병 훈련 스타일로 체력 단련을 하고!
페미니스트들은 폴 댄스를 배우지!
괴짜들은 트럭 타이어를 들어 올리고!
새로운 유행은 계속돼!
요가는 고행자나 수염 기른 공동체 사람들이 하던 운동이었지만…
대체 어떻게 된 걸까?
PLANK LIKE RBG
RBG처럼 플랭크를
NEW ADVANCED SCYTHING WORK-OUT!
신규 고급 과정 낫을 이용한 운동!

● 아일랜드 시인 예이츠Y. B. Yeats의 시 「재림(The Second Coming)」의 일부.

옷을 갈아입지 않아도 돼.
애슬레저 옷을 입고 운동하니까!
128달러짜리 유명 애슬레저 브랜드
부흥 전도회 같은 분위기를 찾고 있는지도 모르지. 디스코 음악에 맞춰 자전거를 타면서 말이야.
여러분은 여행길에 올랐어요! 여기로 걸어 들어온 그 가엾은 사람이 더는 아니죠!
Rave Cycle!
새사람이 되었습니다!
…이젠 탄두리 치킨만큼 도처에 널렸어.
우리는 젖먹이처럼 물병을 끼고 담요를 끌고 다니는, 몸만 커 버린 아이들의 천국에 살지.
부디 코어 근육을 잊지 마!
필라테스가 생기기 전부터 우리가 직립 보행을 했다는 게 신기할 뿐.

우리를 광란의 심폐 운동으로 몰아가는 공허함의 정체는 뭘까?
으아!
후기 자본주의의 정신적, 도덕적 붕괴?
온라인 공간에 장시간 머무르며 생겨난 신체와의 분리감?
식스 팩을 만드는 데 6주밖에 안 걸린다는 게 인간적으로 가능한 일인지 증명해 보고 싶어서?

심지어 밖은 더해. 특수 제작 차량용 짐받이가 필요한 운동이 매일같이 발명되는 듯해.
삼종 경기는 무시해도 좋아. 이제는 테러 방지 전문가가 고안한 산악 트랙이나 장애물 코스를 몇 날 며칠은 뛰어야 인정받을 수 있거든.
땀에 젖은 스판덱스를 입은 사람들이 여기저기 늘어난다고 불평하는 듯 들리겠지만, 나도 다른 사람들만큼 운동에 푹 젖었지.
X-CARGO
13.1
26.2
100
70km만 더!
ONLY 70K TO GO!
헤어날 수 없어. 땀, 엔도르핀, 운동 장비, 자전거 엄지 그립, 새로운 것!
531
742

지난 60년간 새로 생겨난 운동이란
운동은 거의 다 해 봤어.
Th' GEAR SHED
장비 창고
왜일까?

SHOVE
왜 그렇게 인생의 많은 시간을
운동하면서 보냈지?! 사실 가능한 한
많은 시간 운동하라고들 하지만.
ABDOMINATOR

그 시간에 차라리 독서를 하는 편이 나았을까?
중국어를 배우거나? 자선 활동을 하거나?
KARHU
CLACKETA
CLACK!

아니.
육체의 고행 없이 나는
껍데기에 불과해.
FLEXIBLE FLYER
내가 이렇게 여러 운동을 하는 까닭은 육체적인
이유에서부터 정신적, 감정적, 심리적, 심지어
초자연적인 이유에 이르기까지 아주 다양하지.

스트레스 조절처럼
좀 전형적인 이유도 있지만.
S.U.P. DIGEST
SKI
OUT-SIDE
NORDIC WORLD
평생 근육에 집착하는 성향 같은
좀 특이한 이유도 있지.

물론 찰스 아틀라스처럼 근육질이 되길
열망했던 아이가 나 하나는 아니었겠지.
flip
Richie Rich
그랬던 여자아이가
나 하나도 아니었을 테고.
리치리치*

● 재벌가의 어린 상속인 리치에 관한 만화 시리즈. 1960년대부터 1990년대까지 미국 아이들에게 오래 사랑받음.

아무에게도 의존하지 않고!
돌처럼 단단하게!
섬처럼!
RICHIE RICH
SELL SEEDS

하지만 육체적인 힘에만
몰두했던 어릴 적 환상은
점점 시들해졌어.
EVERLAST
궁극적으로는 내가
타인에게 의존하고 있다는
피할 수 없는 사실을
받아들였고.
아아! 그래도 여전히
몸의 강인함을 잣대로
내 가치를 재게 돼. 꽤 자주.

그런데 60대가 가까워지니
알 수 없는 일이 일어나.

계속 운동을 하지만 어떻게 된 건지
점점 약해져! 느려지고 말이야!
뻣뻣해지고! 무슨 일이지?

아, 내가 누굴 속여?

정상에 올랐어…
2001년 내가 가장 좋아하는
자전거로 시속 26km

2019년
시속 20km
…그리고 내리막이 시작됐지.
고인의 명복을 빕니다
RIP

우리는 모두 저
화강암을 향해 속도를 내며
위태롭게 달려.
질병. 치매. 의존. 죽음.
어떻게
감당하지?
미국 은퇴자 협회
AARP
지금
가입
하세요!

고강도에 버금가는 심혈관 운동을 꾸준히
해 와서인지, 어쩌면 죽음을 모면할지도 모른다는
환상이 있었나 봐.
SKREEK
끼이익

하지만 그럴 수 없다는
사실에 직면했지.
Namaste
HOME AND
DRINK WINE
집에서
와인이나
마실래.

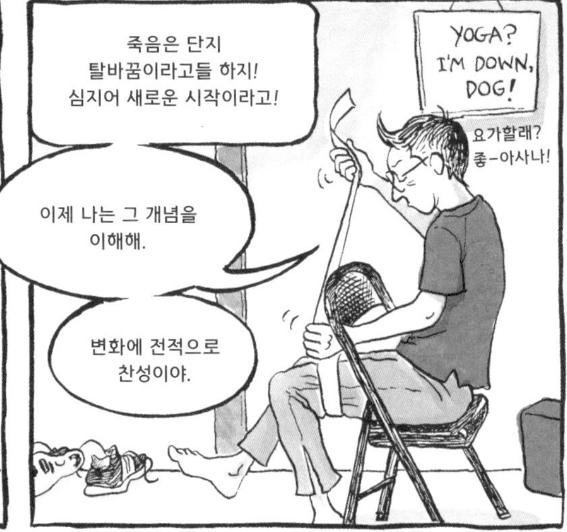
죽음은 단지
탈바꿈이라고들 하지!
심지어 새로운 시작이라고!
YOGA?
I'M DOWN,
DOG!
요가할래?
좋-아사나!
이제 나는 그 개념을
이해해.
변화에 전적으로
찬성이야.

사실 나는 자기 계발에 문제가 좀 있어.
인간으로서 부족하다는 느낌이 계속 들거든.
어쩌다 사용 설명서*를 못 받은 것처럼.

* 한물간 물건, 작동법이 설명된 인쇄물.

NO PLACE
LIKE
OM.
옴이
최고네.
그렇지만 이 끊임없는 노력이
진보 정신의 본질 아니었어?
SELF-HELP
자기 계발서

개혁을 추구하고 억압의 힘에 저항하는,
오래되고 혁신적인 전통이 있잖아?
역사적으로도 그렇고
인간 내부에서도 말이야.
ZEITGEISTWEGZURÜCKMASCHINE
1957
DANGER
내가 세상에 내동댕이쳐지기
전으로 한번 가 보자.
엄청 뻣뻣하고
꼬장꼬장했던 시대.
ACME
과거 시대정신으로 돌아가는 기계, 1957

하지만 곧 모든 것을 뒤엎을 카운터 컬처•가 요동치기
시작했어. 앨런 긴즈버그의 『울부짖음』이
퇴폐적이지 않다고 막 결정된 때야.•
PEYTON PLACE
울부짖음
길 위에서
ON THE ROAD
HOWL
HOWL
『길 위에서』는 책 케루악을
하룻밤 사이에 유명하게 만들었고.

반문화를 맞기에 두 분은 고급문화에 너무 굶주렸지.
아빠는 대학에 다니는 중이었고…
…'낭만주의 움직임'이란
수업을 들었지.
LYCEUM
LOOK BACK IN ANGER
성난 얼굴로
뒤돌아 보라

만난 지 얼마 되지 않았던 우리 부모님은 비트 작가들의
무전여행, 페요테•, 동양 철학에 관심이 없었어.
BOOK & PRINT
SHOP
JAZZ
HOWL
ON THE ROAD

- Counterculture. 반문화(反文化). 기존의 주류 문화에 맞서는 대항문화.
- 1957년 시집 『울부짖음』 출간 이후 출판인과 서점인이 음란죄로 기소되어 법정에 섰으나 무죄 판결된 사건.
- Peyote. 페요테 선인장. '메스칼린'이라는 환각 물질을 함유함.

아, 낭만주의자들!
1797
관행을 따르지 않고, 강렬함과
신비주의 시각을 쫓아 약에 취했던 세대.

프랑스 공화당 혁명이 일어난 지 얼마 되지 않았을 때였어.
윌리엄 워즈워스와 새뮤얼 테일러 콜리지는
새로운 시 양식을 구축하며 창작욕에 불타올랐지.

일상적인 언어로 거지, 양치기, 거머리 채취자 들과 같은 보통 사람들에 관한 시를 썼어!
두 사람은 윌리엄의 여동생 도로시와 함께 언덕을 걷곤 했지. 세 사람 모두 시에 온 정신이 팔린 채로 말이야.

인간, 자연, 정신–*정신!*–의
상호 연관성에 대한 이들의 생각은
미래 독자들의 눈을 사로잡지.

1836년
대륙을 건너 한 세대를
건너뛰면…
1836

…뉴잉글랜드의 한 젊은 목사가 곧 출간될 자신의
책을 작업하면서 콜리지의 형이상학에 빠졌어.

맙소사!
『문학 평전』

…한편 멀지 않은 곳에서 한 젊은 기자는 콜리지와 워즈워스를
'시대의 선구자적 정신'이라고 극찬하며 소론을 썼어.

…신과 자연의 목소리라…

시인이자 철학자인 랄프 왈도 에머슨과 마거릿 풀러는
초월주의 저널 「더 다이얼」을 창간했지.

초월주의자들은 막 탄생한 민주주의가 자유를 지키려고
이상을 저버리는 것을 우려했어.

노예제, 「인디언 이주법」, 멕시코 땅 뺏기, 남존여비, 신설 공장들의 열악한 환경.

늘 그렇듯.

그들이 에머슨의
응접실에서 만날 때조차
북쪽으로 조금 떨어진
로웰에 거대한 직물 공장
단지가 들어섰어.*
로웰은 콩코드강이
메리맥강과 만나는
지역에 있지.

* 남부에서 노예가 된
사람들이 수확한 면을
현금화하기 위해서야.

잭 케루악이 로웰에서 태어난 해는 1922년.
공장은 줄어들었어. 후기 산업주의 시대가 시작된 거야.

(물고기들은 이미 사라진 지 오래. 에머슨의 제자 헨리 데이비드 소로가
1849년에 연어가 사라진 사실을 발견했어.)

시간이 흘러 나의 부모님이 될 두 분은
뉴욕을 즐겁게 누비고 다녔지.

WAY
TAXI
INTERBOROUGH
RAPID TRANSIT Co
UPTOWN
DOWNTOWN

…케루악은 뉴욕 지하철을 타고 북쪽으로 몇 정거장 떨어진 조이스 글라스맨의 아파트에 머물렀어.
여러 해 동안 그를 먹이고 재워 준 불운한 여성 중 하나의 집이지.
시골에서 글 쓰는 줄 알았는데.
계속 쓸 수 없더군. 어머니 댁으로 돌아갈 때가 됐어.
WINTER WT. SYNTHETIC
WINTER WT. DOWN
SUMMER WEIGHT DOWN
NANO BAG
ULTRA LITE
PICO SACK
PRIMUS
Vasque
케루악은 엄마 집에서 다음 작품인 『다르마 행려』를 12일 동안 단숨에 써 내려갔어. 각성제를 잔뜩 먹고서 말이야.
『다르마 행려』는 내가 좋아하는 책 중 하나인데,
좀 짧은 대목이긴 하지만 케루악이 친구인 시인 게리 스나이더랑 산을 오르는 부분 때문이야.
1955년 10월 어느 날 둘은 마터호른*이라고 불리는 시에라산맥 정상에 올라갔어.
시에라 산행이 유행하기도 전에 둘이 그곳에 갔다는 사실은 나를 언제나 설레게 했지.
잭은 테니스화를 신고 커다란 플란넬 침낭을 멘 채 산행에 올랐어.
카메라 셀카 봉
경사도 측정 표시
트레킹 폴 두 개를 돌려 맞추면 눈사태 탐침봉이 됨.
쿠라레•가 묻은 불어서 쏘는 촉

● Curare. 남미 인디언이 화살촉에 칠하는 독약.

* 알프스에 있는 진짜 마터호른과 약간 닮았거든.

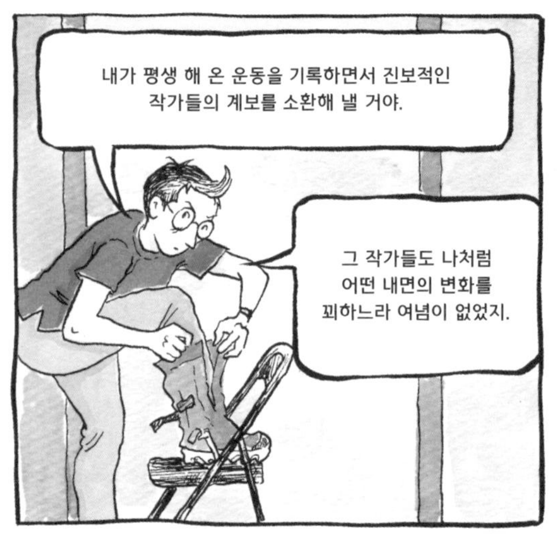
내가 평생 해 온 운동을 기록하면서 진보적인
작가들의 계보를 소환해 낼 거야.
그 작가들도 나처럼
어떤 내면의 변화를
꾀하느라 여념이 없었지.

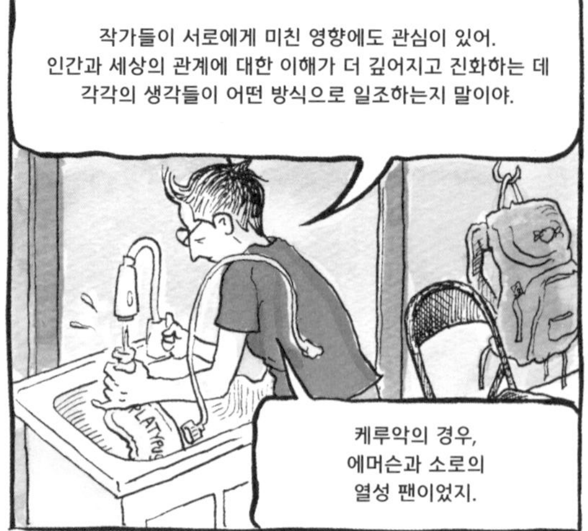
작가들이 서로에게 미친 영향에도 관심이 있어.
인간과 세상의 관계에 대한 이해가 더 깊어지고 진화하는 데
각각의 생각들이 어떤 방식으로 일조하는지 말이야.
PLATYPUS
케루악의 경우,
에머슨과 소로의
열성 팬이었지.

케루악이 죽기 전 쉬지 않고 술을 마시던 시기에
로웰로 다시 잠깐 돌아갔는데, 22㎞ 떨어진 곳에서
월든 호숫가에 심은 나무 꼭대기를 볼 수 있다고 했어.
믿기 어려워.
게다가 좀 애처롭지.
소로가 말했던 젊음의
이상에서 케루악이
얼마나 멀어졌던가
생각해 보면.

하지만 초월주의에 감명받은 책의 작품들은 결국
사회 정의를 이루고 지구를 살리자는 진보적 전통을 이어간
1960년대 세대에게 영감을 불어넣었어!

ZEITG
그 계획에 어떤 차질이
생긴 건지 알고 싶네?
WEGZURÜCKMASCHINE
1836
고맙다, 베이비
부머들아!
ACME
사실, 나도 베이비 붐
세대긴 해. 아주
살짝 걸쳐서.

RÜCK
자유 민주주의의 탄생에서 그 죽음까지.
이제 다시 원점으로 돌아왔네!
생태계도 같이
죽어 가고 말이야.

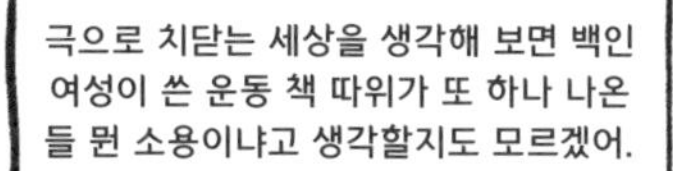
극으로 치닫는 세상을 생각해 보면 백인 여성이 쓴 운동 책 따위가 또 하나 나온들 뭔 소용이냐고 생각할지도 모르겠어.

Th' GEAR SHED
운동 장비 창고

. . .

음, 나는 운동에 관해서만 쓰는 건 아니야.
운동이 어떻게 다른 곳에 도달하는 다리 역할을 해 왔는지에 대해 쓰지.

몸과 마음이 **하나**가 되는 느낌.

그런데 **대체** 마음이 뭐지?
몸은 뭐고?
그 둘이 구성하는 자아라는 건 또 뭐야?!

이 질문들에 대답하려면 현상학, 신경 과학, 양자 역학을 진지하게 탐구해야 해.
난 미술 전공인데.

내가 보여줄 수 있는 거라곤 경험적 증거뿐이야.

마음이 조용해지고 몸이 그 자리를 차지할 때, 나는 이분법적인 언어의 틀 밖에 있어.
주체와 대상의 바깥.

몸은 그 자체로 어떤 지능을 갖추었지.
집중하면 내가 그 일부인 듯한…
…하나가 된
느낌이랄까?
…나 자신보다
큰 무엇과
말이야.

프로이트는 이렇게 하나로 융합됨을
느끼는 '대양감'의 욕구를
유아기의 상태라며…

…자궁 속을
그리워하는 향수라고
무시했지.
#&%$!

프로이트가 코카인 대신
실로시빈*을 했다면 다르게
생각하지 않았을까.
운동장비 창고
사실 이렇게 하나가 된다는
각본이 나도 좀 미심쩍긴 해.

내 맘 한구석은 아직도
강인한 개인주의의
이상에 현혹돼 있거든.
난공불락의 자아 말이야!
왜일까?
RICHIE RICH

신체 단련에 대한 환상은
파시스트들 거야!
나는 페미니스트라고.
젠장!
THE INSULT THAT MADE A MAN OUT OF MAC

보다시피 나는
내적 갈등으로 분열 중이야.
내 자기 계발의 다음 단계는…
SCHCHCHTZK
찌이익
벨크로

…내 속의 나이 든 보수주의 남성성
을 손보는 거야. **상호 의존성**을
품기 위해서 말이지!
한 인간으로서 성장하는 데
아주 중요한 단계라고 생각해.

● Psilocybin. 멕시코산 버섯에서 얻어지는 환각 유발 물질.

● 팬데믹 이후 미국 내 불안 심리로 화장지가 동났던 현상을 말함.

성장이라. 하! 우리는 모두 성장하고 싶다 *생각하지.*
그러면서도 정작 성장의 단계를 맞이하면 저항해. 우리가 변하지 않으면…
…내심 죽지 않을 거라고 믿기 때문이지.
흠, 힌트를 좀 줄게.
변하지 않으면 우리는 죽을 거야.
큰 그림에서 보면 그렇게 나쁜 일은 아니지만
적어도 노력은 해 보자고. 어때?
이 지구라는 행성은 하나의 커다랗고 행복한 무정부 비건 공동체가 될 수도 있어. 우리 모두 제발 좀 진정하고 화장지 사재기를 멈춘다면.*
머릿속을 벗어나 자아를 초월하는 탐색에 함께해.
주체와 객체가 없다는 걸 깨닫고!
내가 남과 별개라는 착각을 버리고!
온 세상에 벌어지는 일들이 나와 상관없다는 착각도 버리고!
그게 그렇게 많은 걸 바라는 거야?
어, 누가 내 녹즙 다 마셨어?

1960 년대

00대

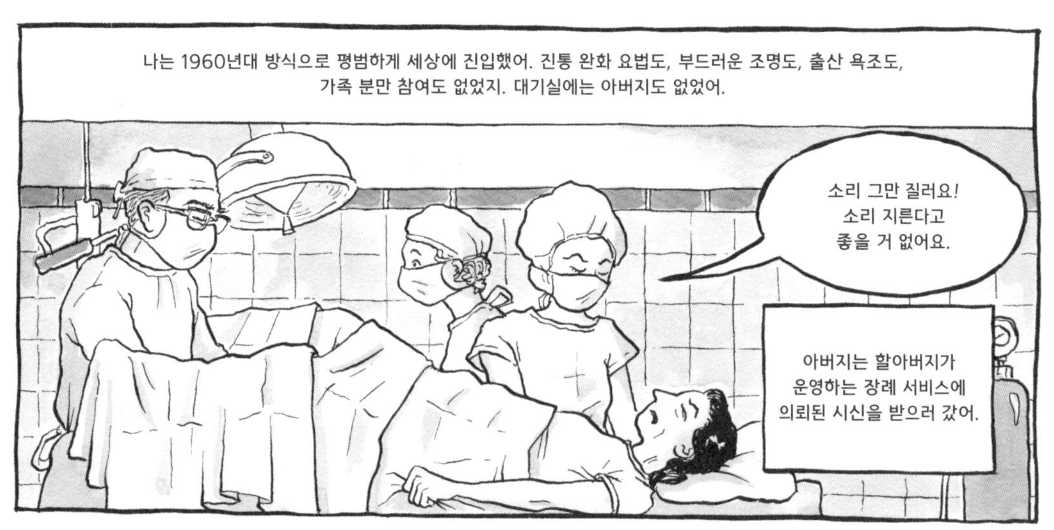
나는 1960년대 방식으로 평범하게 세상에 진입했어. 진통 완화 요법도, 부드러운 조명도, 출산 욕조도,
가족 분만 참여도 없었지. 대기실에는 아버지도 없었어.
소리 그만 질러요! 소리 지른다고 좋을 거 없어요.
아버지는 할아버지가 운영하는 장례 서비스에 의뢰된 시신을 받으러 갔어.

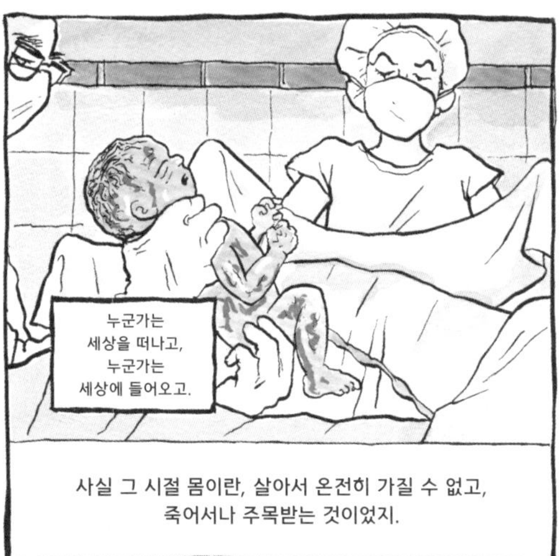
누군가는 세상을 떠나고, 누군가는 세상에 들어오고.
사실 그 시절 몸이란, 살아서 온전히 가질 수 없고,
죽어서나 주목받는 것이었지.

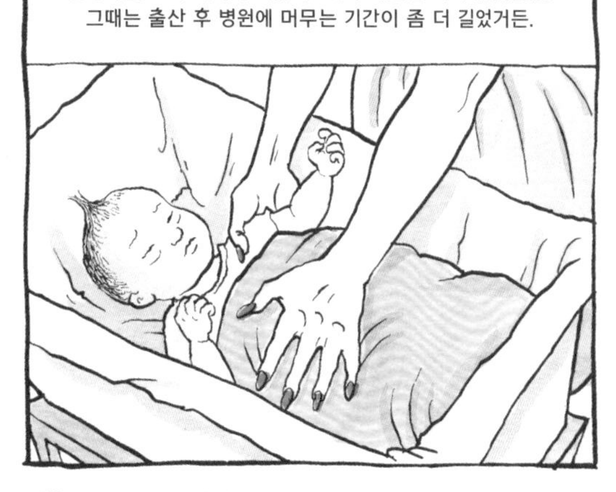
엄마 살에 닿게 눕히지도 않고 수건으로 닦아
신생아실로 쓱 데려가 버렸어. 아마 며칠은 거기 있었을걸.
그때는 출산 후 병원에 머무는 기간이 좀 더 길었거든.

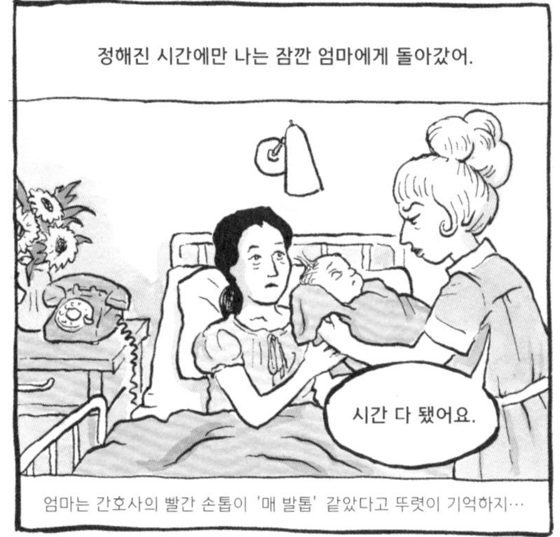
정해진 시간에만 나는 잠깐 엄마에게 돌아갔어.
시간 다 됐어요.
엄마는 간호사의 빨간 손톱이 '매 발톱' 같았다고 뚜렷이 기억하지…

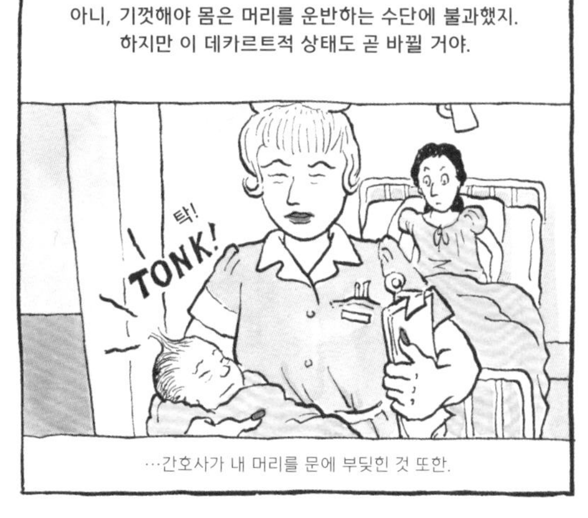
아니, 기껏해야 몸은 머리를 운반하는 수단에 불과했지.
하지만 이 데카르트적 상태도 곧 바뀔 거야.
탁!
TONK!
…간호사가 내 머리를 문에 부딪힌 것 또한.

어쩌면 텔레비전이 한몫했을 거야. 내가 태어난 지 이 주 만에 대선 토론이 처음으로 텔레비전에 방영됐으니.
예전에는 후보자 외모가 그다지 상관없었거든.
SEPTEMBER
벡델 장례식장입니다.
'활력'이 뿜뿜.
땀을 줄줄.
(우리는 가족 사업을 운영하던
할머니, 할아버지 댁에 잠깐 살았음.)
FALL 1960
1960년 가을

다른 방식으로 목소리를 내는 사람들도 있었지.
흑인 인권 운동가들은 버스를 타고 인종 차별이 심했던
남부로 향했고,
…흑인 통합 대표가
지나가는 차에서 쏜 총에 맞았습니다…
SPRING 1961
1961년 봄

여성 평화 운동가들은 핵무기에 저항하면서
엄청나게 큰 항의 시위를 했어.
너무 늦기 전에 모두를 살릴 수
있는 방사성 낙진 대피소를
지금 당장 마련하세요!
FALL 1961
1961년 가을

하버드 신학생이 마쉬 채플 실험* 을 통해
환각제의 합성 물질인 실로시빈이
신비한 경험을 끌어내는지 알아봤고.
SPRING 1962
1962 봄

살충제 사용에 관한 레이첼 카슨의 열정적 논문
「침묵의 봄」은 환경 운동을 촉발했지.
여기 요약됨
THE NEW YORKER
뉴요커
SUMMER 1962
1962년 여름

● Marsh Chapel Experiment. 성금요일 실험(Good Friday Experiment)이라고도 불림. 하버드 신학 대학교 대학원생이 종교적, 영적 경험을 하는 데 실로시빈이 유용한지 알아본 실험. 1962년 보스턴 대학교의 마쉬 채플에서 성금요일에 실험했으며 '하버드 실로시빈 프로젝트'와 몇몇 학자들의 지도하에 실행됨.

『여성성의 신화』• 가 출판됐을 때,
내 대근육은 아주 잘 발달했어.
얘들아, 돌 던지지 마라.
SPRING 1963

1963년 봄

어쩌지. 진짜 피가 나네.
어린 시절에 대한 기억이 많지 않은 건 그냥 너무
어려서야. 머리를 다친 사건의 트라우마는 아니고.

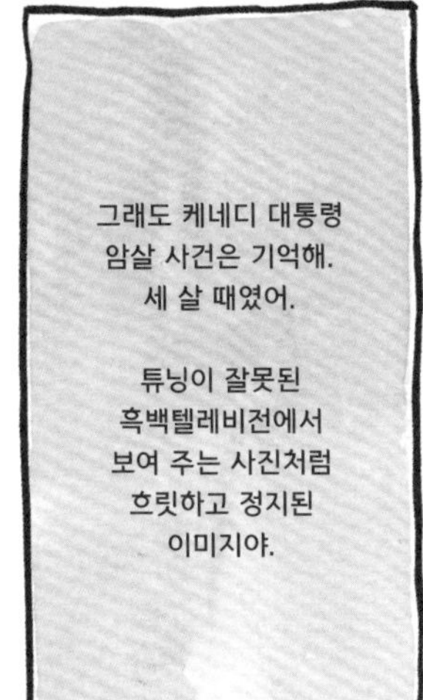
그래도 케네디 대통령
암살 사건은 기억해.
세 살 때였어.
튜닝이 잘못된
흑백텔레비전에서
보여 주는 사진처럼
흐릿하고 정지된
이미지야.

그리고 솔직히 말해서, 그 사건보다는 그날 아버지가 나가서 사 온
텔레비전 자체를 더 기억하는 것 같아.
ZENITH

케네디 대통령의 죽음이 베이비 붐 세대를 구분하는 결정적
사건이라면, 나처럼 베이비 붐 세대와 X세대 사이에 낀 세대는
쉴 새 없이 텔레비전을 봤다는 사실로 구분되지.
그린 진 씨,
토끼 보셨어요?

어릴 적 기억은 모두 텔레비전의 반짝이는 화면과 뒤죽박죽
섞였어. 가령 어머니가 까만색 표범 무늬 운동복을 입고
스트레칭을 하는 모습과 아버지가 팔 굽혀 펴기하는 모습은…

• The Feminine Mistique. 베티 프리단(Betty Fridan)이 집필해 1963년에 출간한 책으로, 미국 내 페미니즘 제2물결의 시작을 촉발했다고 알려짐.

…「딕 반 다이크 쇼」에서 그렇게 운동했던 롭과 로라를
부모님과 헷갈렸을 가능성이 커.

오, 롭!

캡틴 캥거루가 그린 진 씨와 결혼했다고 생각했어.
패티 씨는 정말로 텔레비전 밖을 볼 수 있다 믿었고.

…보비가 있네!
수지도! 아, 테오도라! 제이비어!

현실과 텔레비전이 초래한 존재론적 혼란은
광고로 더 심해졌어. 스위프티는 만화 캐릭터였지만
그 캐릭터가 파는 스니커즈는 실제로 존재했지.

PF
나는 바람처럼 뛰어 하늘 높이 점프해! 피에프 운동화●를 신으면 누구에게도 지지 않아!

목이 긴 그 신발이 너무 갖고 싶었어.
무엇보다도 간절하게.

PF
PF

하지만 금지됐지.

그건 남자애들 거야.

요즘같이 자유롭고 자기만족이 중요한 시대에 그 시절
이런 구분이 얼마나 엄격했는지 전달하긴 참 어려워.

소비자 선택의 폭이 얼마나 좁았었는지도.

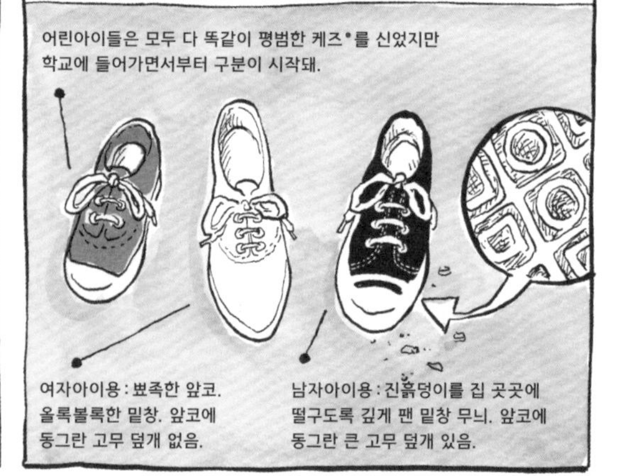
어린아이들은 모두 다 똑같이 평범한 케즈●를 신었지만
학교에 들어가면서부터 구분이 시작돼.
여자아이용 : 뾰족한 앞코. 올록볼록한 밑창. 앞코에 동그란 고무 덮개 없음.
남자아이용 : 진흙덩이를 집 곳곳에 떨구도록 깊게 팬 밑창 무늬. 앞코에 동그란 큰 고무 덮개 있음.

● PF flyers. PF(Posture Foundation)는 '자세를 잡는다'는 의미로 발목까지 올라오는 목이 긴 운동화를 뜻한다.

● Keds. 고무 바닥 캔버스 운동화.

그 시절 스니커즈는
'더 빨리 더 멀리 뛰고, 재빨리
멈추게 해준다'고 약속했어.

미래의 스니커즈가 실제로 이런
기능을 가질 줄은 몰랐지.

아디다스라는 거인이 등장하기
몇 년 전이었어.
나이키의 '문 슈•'는
아직 빌 바우어만의
와플 메이커에서
태어나지도 않았고···

하지만 가게 뒤쪽 이 시시한 물건들은 곧 진기한 유물이 될 거야.
한번은 엄마의 뜻을 꺾는 데 성공했지.
TINGLEY
RUBBERS
Kids' Sneakers
흠, 알았다고!
Keds
Keds
HUSH
PUPPIES
못마땅
HUSH

'여자아이예요'라는
배지를 달게 할 거야.
BOTTORF'S
(이렇게 겁주곤 했지만
실제로 그러지는 않으셨어)

발이 커졌을 때 한 켤레를 더 가질 순 없었어.
다행히 그때쯤 로저스씨•가 텔레비전에 나왔고,
나도 그처럼 부드럽고 중성적인 신발을 골랐지.
···데크 슈즈
매혹적인
중성적 플림솔 라인.•

여하튼, 데크 슈즈를 신고 벗는 동작이
그 시절 운동의 전부였어. 한 사람만 빼고는.
좋아요,
소년 소녀 여러분!

그 빛나는 화면의 많고 많은 인물 중에서도
한 인물이 유독 더 환하게 빛났어.
여러분이 할 일은
엄마를 모셔 오는 거예요···

● moon shoe. 나이키 공동 창업주이자 육상 코치였던 빌 바우어만(Bill Bowerman)이 1972년 올림픽 예선전에 나가는 육상 선수들을 위해 디자인한 나이키 최초의 러닝화. 신발 바닥의 디자인을 와플 메이커에서 따온 것으로 유명함.

● Fred Rogers. 교육용 어린이 방송을 제작하고 직접 출연했음. 방송에서 늘 입던 카디건과 더불어 스니커즈는 그의 상징물이 됐음.

● Plimsoll line. 배가 안전하게 항해할 수 있는 최대 적재 가능선을 나타내는 뜻으로 '만재 흘수선'이라고도 함. 신발의 옆면이 물에 뜬 배의 만재 흘수선을 닮아서 따온 신발 패션 용어.

누가 잭 라랜에게서 눈을 돌릴 수 있을까?
…주부님들께서 집안일이나 설거지로 바쁘시더라도…
멜론 크기만 한 근육
기상천외한 점프 슈트
경쾌한 오르간 음악
잘록한 허리
우아한 실내화

여러분의 가슴 선을 탄탄하게, 허리를 가늘게 만듭시다!
과감한 가슴 노출
가슴 선 따윈 관심이 없었어.

잭과 같은 팔뚝을 갖고 싶었지만, 그는 어떻게 근육질이 되었는지 설명하지 않았어.
발끝에서부터 여러분의 귀여운 정수리까지 운동하는 거예요.

1960년대 주부들은 불룩 튀어나온 이두근을 갖고 싶어 하지 않았어.
잭에게서 내가 배운 건 몸은 만들 수 있고, 운동은 '열정'과 '활력'을 준다는 점이었지.
이렇게, 발목을 날씬하게 만들면 멋지지 않나요!
여성분들에게 꽤 중요한 일이죠, 그렇죠?
여성을 얕잡는 말투는 눈치채지 못했어.
숨 쉬는 공기만큼 여성 혐오가 일상이었으니까.

'멍청한 금발', '여성 운전자', '유약한 성별'
같은 말을 어린 시절 끊임없이 들었지.
어제 옛 친구를
우연히 마주쳤어.
아내가 운전하고 있었지.

금발도, 운전할 나이도 아니었던 나는 두 가지를 쉽게
무시해 버렸어. 하지만 약하다는 말은?
약하다고?!

만화책에 나온 보디빌딩 광고에 매료되기 시작했어. '남자'라고 무한 반복 쓰였는데도 그게 남자 몸이란 생각을 하지 못했지.
WHAT? YOU HERE AGAIN? HERE'S SOMETHING I OWE YOU!
OH, MAC! YOU ARE A REAL MAN AFTER ALL!
HERO OF THE BEACH
GOSH! WHAT A BUILD
HE'S ALREADY FAMOUS FOR IT!
그런 근육을 갖고
싶다는 것만 알았어.
누구보다 더 크고
강해지고 싶었으니까!
CHARLES ATLAS
I Can Make YOU a New Man, Too!
PEOPLE used to laugh at my skinny 91 pound body,
FREE
My 32 Page Illustrated book is yours — Not for $1.00 or 10¢ — But FREE

찰스 아틀라스 소책자나 체중 증가에 도움이 되는
음료수, 낯선 장비들을 주문할 배짱은 없었지만.
Richie Rich
ONLY $3.98
WEIGHTED WRISTLETS
단 3불 98센트,
무게가 더해진
손목 벨트
아직 나보다 덩치가 큰 부모님이 금지할 테니까.

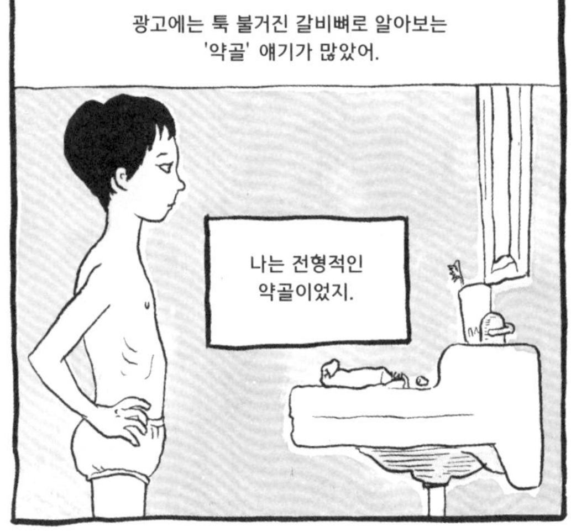

광고에는 툭 불거진 갈비뼈로 알아보는
'약골' 얘기가 많았어.
나는 전형적인
약골이었지.

★ 뭐야? 여기 또 왔어? 여기 내가 빚진 게 있다!

★ 오, 맥! 당신이야말로 진짜 남자예요! / 와! 몸매 좀 봐. / 이미 몸짱으로 유명한 사람이야!

★ 당신도 새 사람으로 만들어 줄 수 있습니다!

하지만 간단한 속임수로 아틀라스처럼 커 보이게 할 수 있었어.
거울 속 내 어깨는 끝없이 뻗어 나갔거든.

사실 나는 전도유망한 운동선수가 될 소질은 별로 없었어. 독서광이었지. 줄곧…
샬롯의 거미줄
CHARLOTTE'S WEB
창백
팬텀 톨 부스
The PHANTOM TOLL-BOOTH
제임스와 슈퍼 복숭아
JAMES & THE GIANT PEACH R. DAHL
HARRIET THE SPY
HOMER PRICE
활기 없음

탐정 해리엇/호머 프라이스

…또한 어두운 벽장 구석에서 그림을 그리며 몇 시간이고 앉아 있을 수 있었어.
고강도 램프

그렇다고 희망이 전혀 없는 편은 아니었어. 체육 시간, 팀을 뽑는 잔인한 의식에서 중간쯤엔 꼽혔거든. 팀에 자원이 되지는 못해도 해는 끼치지 않는 중간.
12
음…아마도 …앨리슨.

엇갈린 성 역할 다툼에
끼고 싶지 않아
거의 혼자 돌아다녔어.

여자아이들은 치마를
입어야 한다는 사실이
오 학년 때까지
좀 답답했고.

내가 결혼하게 될까? 그렇다고 말해 줘. '응'이야 아니야?
바보들
런던이 보인다! 프랑스가 보인다!
야만인들

우리 학교는 체육 교육이 특성화된 지역 사범대의 실험실이나 마찬가지였어.
일주일에 두 번 해양 대학 수영장에서 우리는 수영 강습을 받았거든.
춥고
축축하고
오줌 냄새가 났어.
다른 학교 아이들은 우리를 부러워했지만 나는 수영 강습이 싫었어.

물을 딱히 좋아하지 않았으니까.
6년 내내 코를 막지 않고 다이빙하거나
잠수하는 법을 익히지 못했어.
다른 규칙: 여자아이는 머리가 짧아도 수영모를 써야 했음.

나는 운동 체질이 아니었지.
PHWEET!
피이익!
체육 교육 전공.

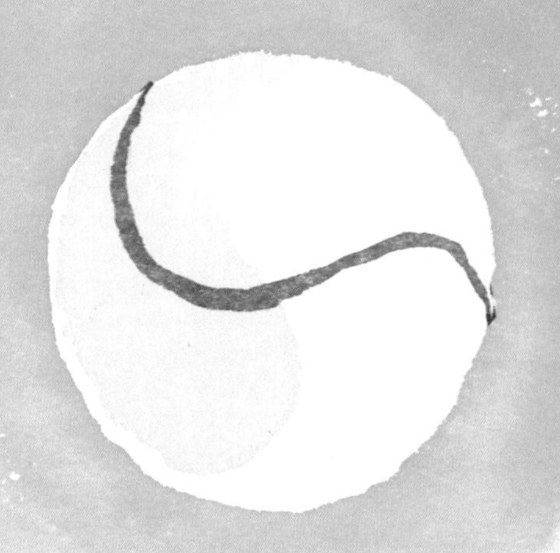

집에서는 아이들과 어울려야 한다는
부담 없이…

…오래된 테니스공을 가지고 무아지경에
빠져 혼자 노는 걸 정말 좋아했어.

얼마나 높이 던지고 받을 수 있을까?

발을 움직이지 않고 몇 번이나 공을 잡을 수 있을까?
특별한 묘기를 부리려고 할수록 공을 잡기가 더 어려웠어.

이윽고 털이 보송보송한 이 공을 다루는 비법을
알아냈지. 바로, 애쓰지 않는 거야.

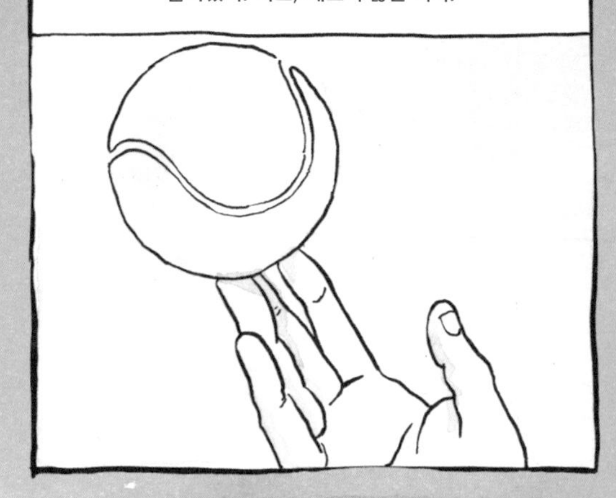

공에 대해
생각하지 않기.
아무것도
생각하지 않기.

테니스공과 하나가 되는 이 경험을 통해서 작고 미약한
나 자신을 확장하는 방법이 신체적인 힘이어야만 하는
건 아닐 수도 있겠다는 사실을 깨닫기 시작했어.

어렸을 때 나는 신, 천국, 영혼에 대한
쓸데없는 소리를 어지간히 많이도 들었지.

나의 타고난 경험주의 성향에도 불구하고 그냥 받아들였어.

신의 냄새를 맡았어!

엄마는 이 일을
재밌게 생각해.
하지만 그 유향 냄새!
또 다른,
보이지 않는 현실을
인식하라는
손짓이었지…

…그리고 그건
나를 아주 흥분시켰어.

우울한 감정 또한 함께 왔어. 아마도 희미한 삼나무 향 때문이었을 거야.
유년 시절 대부분을 보낸 장례식장에 반짝이는 새 관이 들어올 때마다 나던 그 삼나무 향.

솜털이 보송보송하던 때부터
죽음에 노출됐기 때문에
환상 따윈 없었어.

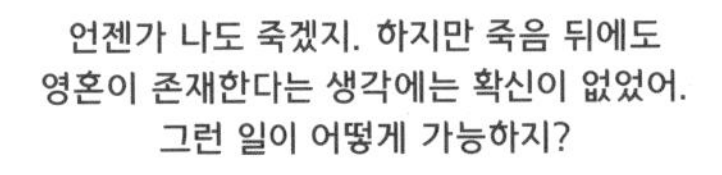
언젠가 나도 죽겠지. 하지만 죽음 뒤에도
영혼이 존재한다는 생각에는 확신이 없었어.
그런 일이 어떻게 가능하지?

이 영혼이란 놈은 대체 어디에 있는 거야?
수평계에 둥둥 뜬 기포처럼 뇌 속에 떠 있나?

몸을 이루는
세포마다 공평하게?

성경 학교에서 고양이는 영혼이 없다고 배웠어.
곰곰이 생각해 봤지. 우리 집 고양이는 분명 의식이 있어.

그렇지만 내가 나를
의식하듯 자기 자신을
의식하지는 않을 거야.

그러니까 영혼은 자의식에 있다고 결론 내렸어.
고양이가 얼마나 부러웠는지 몰라. 신은 알겠지만
나만큼 자의식이 강한 아이는 없을 테니까.

부담스러운 내 자아로부터 자유로울 때도 있긴 했어.
혼자서 잡기 놀이를 하거나 그림을 그릴 때,
혹은 더 나아가 무한을 생각할 때.

우주에는
가장자리가 있을까?

사실 딱 한 번, 무한에 대해
처음 생각했을 때만 그랬어.

가장자리가 있다는 말은
그 반대쪽에 뭔가
있다는 말인데…
…그러면 그것 또한
우주의 부분일 거야…

!

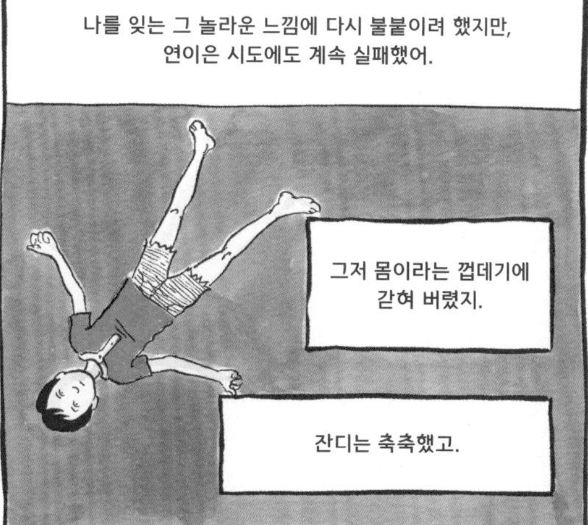
나를 잊는 그 놀라운 느낌에 다시 불붙이려 했지만,
연이은 시도에도 계속 실패했어.
그저 몸이라는 껍데기에
갇혀 버렸지.
잔디는 축축했고.

매주 있던 교리 문답 시간이 자꾸 끼어드는
실재 본질에 관한 생각에서 이내 나를 놓아주었어.
영혼이 있다는 걸
어떻게 알지?
성경에서
그렇게 말하니까요.

종교는 초저녁에 가장 먼저 뜬 별에 소원을 비는 것처럼
믿어도 괜찮을 듯했어. 나쁠 건 없잖아?
이루어졌으면…

…평생토록
하루에 소원 열 개씩.
소원을 열 개로 제한하는 행위가 소박하다고 생각됐어.
열 개 중 하나의 소원은 소원을 더 비는 데 쓸 수도 있고.

무한한 소원이라! 하지만 매일 열 가지 소원을
떠올리는 건 금방 부담스러워졌어.
취침 시간까지 미루기 시작했지.
자기 전 꼭 해야 하는 밤 기도처럼.

어느 날 저녁, 소원 여섯 개를 빌고 지친 나는
그중 몇 개는 나눌 수 있다는 사실을 깨달았어.
아무에게도
나쁜 일이 일어나지 않게
해 주세요.
곱하기 사.

순전히 게으름에서 비롯된 거였지만, 이 너그러움을 불교에서 말하는 보디치타-모든 중생을 향해 문득 떠오르는 연민의 감정-로 생각하고 싶어.

보디치타, 혹은 '깨달음의 마음'은 그 자체가 소망이야. 깨어서 삶을 직접 경험하고 싶은 마음, 생각으로 뒤덮이지 않으려는 마음. 다른 이들도 깨어나길 바라는 마음…

…그 생각들이 진짜라는 허상에서
깨어나길 바라는 마음.

좀 더 나아간 보디치타의 측면도 있어. 내가 나 혼자 떨어진 독립된 존재라는 생각에서 벗어나는 것.

나는 여전히 자아에 꽤 애착을
갖고 있었지.

내가 하던 또 다른 거울 놀이가 있었어. 거울에 비친 모습에 눈을 고정하고 오랫동안 바라보는 거야. 눈을 깜박이지 않고…

초점을 살짝 흐려서…

…공포의 전율이 올 때까지
소름.

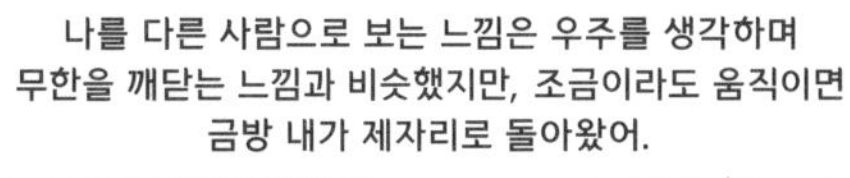
나를 다른 사람으로 보는 느낌은 우주를 생각하며
무한을 깨닫는 느낌과 비슷했지만, 조금이라도 움직이면
금방 내가 제자리로 돌아왔어.

(지금은 예전만큼
이 느낌에 확신이 없지만.)

아마도 작가 마거릿 풀러가 겪은
어린 시절 경험과 비슷할지 몰라.
마거릿 풀러는 그날도 여느 날과 다름없었다고 회상하지…
'계단에서 멈췄다… 그리고 여기 어떻게 왔는지
문득 나 자신에게 물었다.'

나는 왜
*마거릿 풀러*지?
뭘 뜻할까?
무슨 일을 해야 하지?

마거릿은 변호사이자 정치인이었던 아버지에게
엄격한 고전 교육을 받았어. 그 시절 여자아이들이
받지 못하던 종류의 교육이었지.
작문을 다 마쳤니?
네, 아버지.

마거릿의 아버지는 나중에 이 교육이 실수였는지
궁금했을 거야. 정교하게 갈고닦은 정신과
야망을 지닌 여성은 결혼할 수 없었거든.
겁쟁이는 도전하지 않는다. 약골은 한번
실패하고 나면 절대 다시 도전하지 않는다.

「아이네이드」• 를 배우고 자신을 신화적 영웅으로 보지 않기란 어려워. 하지만 여성에게는 도전이 허락되지 않았어.
여성은 그저 자기 자신이기도 어려웠거든.

사실, 내 유년기도 마찬가지였어. 겉모습을 넘어서기 어렵다는 점에서는.
VOGUE
THE AMERICAN WOMAN
BAZAAR

여하튼 자기 초월을 경험하려는 내 시도는 믿을 만하거나 안정적이지 않았어. 스스로를 강해 보이게 그리는 게 그 시기에는 안전한 선택이라 여겼지.

이십 대 후반 상담 치료를 받을 때까지 어린 시절이 행복했다는 환상에 시달렸어.
이 단어 뜻이 뭐예요?
불안.
불안이 뭐예요?
PEANUTS

우리 집안에 가득 찬 긴장감이 내 골수까지 스며들었는데도.
어, 그건 아주 걱정이 많고 긴장한다는 뜻이야.
우유 다 마셔라, 앨리슨.

희고 불투명한 그 액체를 얼마나 싫어했던지. 나중엔 결국 부모님처럼 술로 긴장 푸는 법을 배우게 됐잖아.
산책하러 가자.
아빠가 엄마랑 말하지 않던 시기

• Aeneid. 베르길리우스의 작품으로, 아이네아스(트로이의 영웅이자 로마의 선조)의 유랑을 읊은 서사시.

자연과 가까이 지냈다는 점이 나를 살렸지. 크고 어두운 숲 언저리에서
자라지 않았다면 분명히 지금보다 더 전전긍긍하는 성격이 됐을 거야.
사실 그 숲은 꽤 작고
별 볼 일 없지만, 그때는 몰랐어.
셋…둘…하나…
발사!
핵심은 그 안에서
사라질 수 있다는 점이었지.
우리 집에서 최단
경로로 1.5km쯤
떨어진 곳에 '베이크
오븐'이라고 불리는
언덕이 있었어.
그 언덕 아래 농장에서
아빠가 태어났어.
어느 날 아빠는
우리를 데리고
꼭대기까지
진짜 등산을 했지.
이제 그곳은 나무가 무성해져서 이름처럼 진흙으로 만든 야외용 오븐처럼 보이지 않아.
힘들어.
까악!
하지만 그땐 완벽한 반구 모양의 둥그런 언덕이었어.
우리 풍경의 중심이자 세상의 축인.
세상에서 일어나는 골칫거리들과 멀리 떨어진 그 꼭대기에는 낯선 고요함이 있었어.
골짜기 건너편에는 정상 높이가 500m 정도인 볼드이글산의 긴 산맥이 어렴풋이 보였고.
베이크 오븐의 높이는
겨우 270m였어.
그런데도
마을 위 초원에 서면
「사운드 오브 뮤직」의
첫 장면을 보던 때처럼,
높은 산을 향한
경외감에 아찔해졌지.

네 살 무렵에 외할머니, 외할아버지께서 나를 데리고 그 영화를 보러 가셨어.
알프스산맥을 보고 가슴이 뛰었어. 중성적인 여주인공을 보고 그랬던 것처럼.
사실 그 두 가지는 헷갈려…
…산에 대해 느끼는 내 감정은 언제나 일말의 에로스적 기운을 풍기거든.

할아버지가 어렸을 때 높은 돌로미티산맥•에서 염소를 쳤다는 사실을 그때는 몰랐어.
높은 언덕, 외로운 염소지기

할아버지가 티롤 지역의 산봉우리를 본 지 60년도 넘으셨을 때야.
에델바이스 에델바이스…

산에 대한 그리움을 물려받았나?

리처드 스캐리 그림책에 나오는 스위스 등산가 '염소 에른스트' 이야기에 푹 빠졌어.

● 알프스산맥의 일부인 이탈리아 북쪽 산맥.

작은 배낭을 메고 얼음도끼를 갖춘 등산가들이
내 그림에 많이 등장하기 시작했어.
스위스 또한 신비한 기운을 띠었지.

산으로 이루어진 나라!

스위스는 유럽에 있고, 아빠 군 복무 시절 부모님이
결혼한 곳쯤으로만 여겼어.

여섯 살 여름, 부모님은 그렇게나 기다리던 유럽 여행을
이 주간 떠났어. 크리스천과 나를 데리고
(막냇동생 존은 너무 어렸거든).

DAILY EXPRESS

런던과 파리에서 며칠을 보냈는데
박물관에 너무 많이 가서 점점 지쳤어.

하지만 곧
스위스에 도착했지.
루체른은 호수 위에
있었고 호수 너머로
산이 보였어.

나는 그 산을 원했어.
나중에 다양한
대상을 사랑할 때와
마찬가지로.

하지만 나도 그게 정확히 뭘 의미하는지 말할 수 없어.
필라투스산이란다.

6월이었지만 2㎞ 높이 정상에는 아직도 여기저기 눈이 남아 있었어. 우리는 케이블카를 타고 정상까지 올라갔지.
최근까지도 필라투스는 사람이 가지 않는 곳이었어.
18세기까지도 여기서 용을 목격했다는 보고가 있거든.
낭만주의자들이 등장해서야 사람들은 산을 즐기려고 탐험하기 시작했어.
1790년 영국 시인 윌리엄 워즈워스는 여름 휴가 동안 케임브리지에서부터 유럽으로 도보 여행을 떠났어.
나중에 그는 이 여행에 관해 썼어. 『서곡』…
…혹은 어느 시인의 마음 성장, 평생 거듭 수정했던 자전적 장시.
워즈워스가 자연과 이어졌다고 느낀 순간들이 중심 내용을 이뤄. 어린 시절 노를 저으며 호수를 가로지를 때 겪은 낯선 무아지경의 순간 같은 경험들.
그리고 그 여름 알프스를 횡단했지.
워즈워스는 친구와 스위스에서 이탈리아로 산을 타 넘어갔어. 가이드를 잃고 등산로에서 벗어난 채 자신도 모르는 사이 알프스를 가로지른 거지.

워즈워스가 따라
내려간 웅장한 협곡.
산은 더 많은 것을
되돌려 줬어.
'검은 물방울이 뚝뚝 떨어지는
험준한 바위', '계곡 물살,
그 멀미 나는 풍광과
아찔한 전망'
이 물의 흐름과 저항에서 워즈워스는
어떤 마음의 작용을 보았어.

자아! 자연! 정신! 이들의 상호 작용은 나중에 워즈워스의
친구가 되는 새뮤얼 테일러 콜리지도 몰두한 화두였지.

케이블카에서 내리자마자 나는 정상으로 뛰어갔어,
내 안의 염소지기 피를 느끼며.

산을 **정말로** 오르는 느낌은 어떤 걸까?

내가 이겼지롱!

루체른에 돌아와서 아빠에게 등산화를 사 달라고 했어.
거기 아이들이 여자 남자 할 것 없이 모두
등산화 신는 걸 빌미 삼아.

(콜리지는 자신의 웨일스 부츠를 방수 처리하려고
따뜻한 쇠기름과 송진으로 닦았어. 『다르마 행려』에서
케루악은 게리 스나이더의 이탈리아 부츠를 보고 감탄해.
'비싼 신발. 그의 자랑이자 기쁨.')

집에 도착하기도 전에 내 발은 이미 부츠보다 커졌지만,
곧 뜻밖의 방식으로 높은 산에 대한 환상을 즐기게 됐어.
텔레비전 꺼라. 우리 스키 타러 간다.

50년대까지 스키는
거의 부자들을 위한
스포츠였지만 이제는
중산층도 스키장으로
향했지. 작은 스키장이
여기저기 생겨났거든.

우리는 차를 타고
펜실베이니아 깊숙한
숲으로 들어갔어.

나무 사이로 비치는 햇살은 나를 워즈워스가 느꼈을 법한 무아지경에 빠뜨렸지.
『버드나무에 부는 바람』에 나오는 오소리처럼 숲에서 홀로 작디작은 지하 구멍에 살면 어떨까 상상해 봤어.
FIN, FUR & FEATHER
TRADING POST
「조지 오브 정글」
만화 놓치겠어요.
계속 떼써 봐.
차 세울 테니.
언제나 겨울이었다,
하얀 마녀의 마법에 걸린 나니아처럼.

덴턴 언덕 위, 매끈하게 지어진 새 스키장은 사람들로 붐볐어.
얼마 뒤에는 장 클로드 킬리가 그르노블 올림픽에서
금메달을 세 개나 땄고.
놀랍게도
꽤 닮음
Sports Illustrated
KILLY
OF
FRANCE
스포츠
삽화
프랑스의
킬리
엄청 크고, 걸을 때 쿵쿵 소리가 나는 가죽 부츠를
허락받을 필요도 없이 꼭 신어야 한다는 사실에
아주 많이 신났지.
RENTALS

다음 해 나는 줄을 잡고 슬로프 위를
오르는 초보자 코스를 정복했어.
꼭대기로 갈 차례였지.

봤지? 쉬워.

몸으로 하는 활동은
뭐가 됐든 깨달음을 주는 듯해.
꽉 붙잡아.

탭 댄스 수업. 장대 던지기 경기.
내게는 '포마' 리프트.

내가 시도했던 온갖
운동 기술뿐 아니라…
앉지 마!

…모든 종류의 도전에
기초가 되었어.

붙드는 것과 놓는 것 사이
가장 알맞은 지점.
스키를 서로
엇갈려 놓지 마!

결국, 내려놓는 것밖에는
어찌할 도리가 없다는 걸 깨닫지…

…그러니 침착해질 수밖에
없지 않겠어?
그냥 줄이
너를 끌게 둬.

심연으로 날아가는 거야!

물론 언제나 또 다른 심연이
기다리지.
정상 가까이 갈수록 언덕이 가팔라지면서
전선과 땅의 거리가 갑자기 멀어졌어.
이것 때문에 막대에는
용수철이 달린 거야.
SHOONT!
붕!
하지만 그걸 쓸 수 있을 만큼
내가 무겁지가 않았지.
아빠는 계속 시켰어.
놔!
막대를 놓으란 말이야!
이렇게 무섭고
불쾌했어야 할까?
아마도.
제길.

기진맥진해지면 생각이 멈춰. 진작에 깨달았지.
생각하지 않으면 더 잘하게 돼.

한번 성공하자 다시는 실수하지 않았어.

'시작하는 사람의 마음에는 가능성이 많지만, 숙련된 사람의 마음에는 가능성이 조금밖에 없습니다'
스즈키 순류의 책 『선심초심』에서 자주 인용되는 구절이야.
스즈키 순류는 1959년, 선불교 사원을 운영하려고
샌프란시스코에 이주한 일본 승려야.

『선심초심』은 그의 법문을 모아 1960년대 중반에 펴냈는데,
내가 스키 타는 법을 배울 즈음이었어.
'선이 무엇인지 안다'거나 '깨달음을 얻었다'고 말해서는 안 됩니다.
늘 초심자로 남기, 이것이 진정한 비법입니다.

스즈키는 55세에
샌프란시스코 만안
지역으로 오기 전까지
삶의 대부분을
사원에서 보냈어.

다른 많은 사람들도
그곳으로 오고 있다는
사실을 그는 몰랐지.

스즈키는 카운터 컬처가 떠오르던 중심지에 있었어.
선입견 없는 젊은 서양인들을 가르치길 좋아했지.
사원의 나이 든 일본인들과 다르게 그들이 '선' 사상에 열려 있다고 느꼈거든.
게리
스즈키는 자신에게 몰려든 학생과 예술가들에게 마음을 열었지…
…1967년 골든 게이트 공원에서 열린 '휴먼 비인•'에 참여한 것만 봐도 그래. 관중 대부분이 약에 취했었다는데도.
무대에는 스즈키와 함께 일본 사원 명상 여행에서 돌아온 시인 게리 스나이더도 있었어.
스즈키는 심지어 재니스 조플린의 '제네핏•' 콘서트에서도 보였지.

- 휴먼 비인(human be-in). 1967년 1월 14일 샌프란시스코 골든 게이트 공원에서 열린 이벤트. 문화·정치적 권력 분산, 공동체 삶, 환경 문제 인식, 환각제 사용, 급진적 정치 흐름 등 카운터 컬처가 한 곳에 모인 자리였음.
- 제네핏(zenefit). 선을 일본식으로 발음한 '젠(zen)'과 영어 '베니핏(benefit, 기금 마련)'를 합성한 단어로 선불교 사원 모금 콘서트를 일컬음.

재니스 조플린 콘서트에 있는 스즈키를 상상하는 것도 어색하지만,
엄마가 거기 있었다는 건 더 상상하기 어려워.
내가 사십 대였을 때 엄마가 지나는 말로
1968년 콘서트에 갔다고 했어.
"그렇게 사람을 매료하는 공연자를
본 적이 없어…"
…컴 온! 커어엄 온!
"재니스 조플린을 가까이서 봐야 했단다.
사람들을 제치고 무대 가장자리까지 갔지."
하지만 이 강렬한 장면도 엄마를 진보적으로 만들기에는
충분치 않았어. 격변기였던 그해 소란에 놀라서…
컴 온!
…엄마는 법과 질서, 닉슨에게 표를 던질 참이었거든.
나는 이 사실도 아주 나중까지 몰랐지.
컴 온!

엄마가 기독교식 도덕률을 따르는 사람으로 변하는 동안
아빠는 정원 일을 도와주던 젊은 남자와 바람을 피웠어.

따끈따끈한
소식이에요!
모두 한 부씩 볼 수 있게
다섯 부를 뽑았어요.
존 레논 안경.
The BUGLE

부모님은 서로 나름의
세대 차를 느꼈지.

얼마 뒤에 외할머니,
외할아버지가 돌아가시고
의사는 엄마에게
신경 안정제와 항우울제를
처방하기 시작했어.

의사는 아마도
엘라빌을 줬던 것 같아.
조앤 디디온●이 스트레스로
생긴 어지럼증과 오심을
겪을 때 먹었던 약이야.

디디온이 『화이트 앨범』에
쓴 유명한 말이 있어.
'지금 보니 갑작스러운
어지럼증과 오심은
1968년 여름 일어났던 일에
대한 자연스러운
반응인 것 같다.'

1969년 역시 꽤 혼란스러웠어.
달 착륙, 우드스톡, 찰스 맨슨 살인 사건, 워싱턴 반전 시위.

TIME TO LUNAR
LANDING
00 : 21
CBS NEWS
SIMULATION
아홉 살이던 내가 아는 한
이런 일들은 그저 일상이었지.

게리 스나이더와 잭 케루악도 뉴스에 나왔어.
게리는 시에라에서 부인, 아이와 함께 벗고
수영하는 모습으로 잡지 「룩」 환경 면에 실렸지.

잭은 부고란에 실렸고. 게리와 마터호른에 오른 지
14년이 흐른 어느 날 죽었어.

★ Father of the Beat Generati

Author of 'On the Road' Was
Hero to Youth – Rejected
Middle-Class Values

By JOSEPH LELYVELD
Jack Kerouac, the novelist
who named the Beat Genera-
tion and exuberantly cele-
brated its rejection of middle-
class American conventions,
died early yesterday of mas-
sive abdominal hemorrhaging
in a St. Petersburg, Fla., hos-
pital. He was 47 years old.
"The only people for me are

● Joan Didion. 미국 작가이자 저널리스트. 1979년에 출간한 『화이트 앨범(The White Album)』은 1960년대 후반부터 1970년대 초반까지의 캘리포니아 역사, 정치, 카운터 컬처를 다룬 책. 퍼블리셔스 위클리(Publisher's Weekly)가 1950년대 이후 가장 영향력 있는 에세이로 꼽은 바 있음.

★ 비트 세대의 아버지 / 길 위의 작가는 중산층 가치를 거절한 젊은이들의 영웅이었다. / 조셉 릴리벨드 기자 /
잭 케루악은 비트 세대의 대명사이자, 미국 중산층 관습을 거절하고 비트 세대를 열렬하게 찬양했던 소설가이다. 케루악은 어제 이른 아침 복부 출혈로 플로리다 세인트피터즈버그 병원에서 사망했다. 향년 47세.

1960년대가 해방의 물결을 만들었지만, 부모님은 그걸 따라잡기에 너무 늦었고,
나는 너무 일렀지. 그렇다고 우리가 그 물결에 허우적대지 않은 건 아니야.
엄마의 우울함이나 아빠의 위태로운 바람에 대해선 몰랐지만
나는 부모님이 돌아가실까 봐 걱정하기 시작했어.
Archie
7-UP

그리고 그즈음, 천하무적의 유혹에 마침내 무릎을 꿇고 말았어.
sensational effect.
No. 8010 Only .50
but completely harmless.
No. 7052 . . . . . . 50¢
piece of gum.
chewing you
ave a glass of
ody. A million
o. 5008. . 1$
THE SECRET TO
SUPERHUMAN
STRENGTH
초인적 힘의 비밀
Disarm and disable opponents in SECONDS! With just a few minutes of practice a day learn techniques that will make you the master of every situation.
No. 4003 . . . . . . Only $1.00 ★
RAZZ
WHOOPEE
CUSHION
LIVE SEA-MONKEYS

엄마나 아빠가 나중에 이 책을 못 보게 하면,
글쎄…그때는 초인적 힘을 가졌겠지 뭐.

3주에서 6주쯤 지나서 어린아이조차 이해할 수 없게
엉망으로 찍어 낸 무술 책자가 우편으로 배달됐어. 내가 무슨 *생각*을 한 거지?!
JIU-JITSU
초인적 힘을
통신 판매 회사에서 얻을 순 없지!
하지만 그럼…
어디서 얻는담?

★ 단 몇 초 만에 상대를 무장 해제시키고 꼼짝 못 하게 만듭니다! 하루 단 몇 분으로 모든 상황에서 주인이 되는 기술을 배우세요!
No. 4003….단 1불

이미 그 힘을 가졌다는 걸 알았더라면!
창작에 푹 빠지는 축복!
내가 뭘 하는지 의식하지 않으니
스키가 쉬워졌어.
스즈키는 말했지.
'성취에 대해 생각하지 않을 때 자아를 잊을 수 있다…'
'…우리는 진정한 초심자다. 그래야만
무언가를 진정으로 배울 수 있다.'
하지만 나의 초심은
끝자락으로 향하는 중이었어.

앨러게니 고원의 지평선 너머 저 멀리로
내 앞에 펼쳐질 인생 전부가 보이는 듯했어.
지금 여기 선 나의 상태로 돌아오기 위해
그렇게나 열심히 고된 탐구를 하며
인생을 소비할 줄 몰랐지.
펜실베이니아에 대해서
말하는 게 아니야.
머지않아 나는 현실을 있는 그대로
바라볼 수 없게 될 거야.
성취에 관한 생각, 자아에 관한 생각에
휩싸여 거의 마비될 테지.
나의 가장 큰 장애물은
바로 내가 될 거야.

1970s

1970 년대

10s

10대

내가 자란 곳에 살았던 토착민에 대해 배운 거라곤 비치 크리크* 와 볼드이글 크리크의 합류점이
그들에게 어떤 성스러운 장소였다는 사실 하나뿐이었어.
비치 크리크는
어디로 가는 거예요?
볼드이글 크리크. 다음은 서스쿼해나강,
그 다음 체사피크만, 그리고 바다지.
하류로 약간 내려가면 투명한 비치 크리크가 혼탁한 볼드이글
크리크 속으로 소용돌이치며 섞이는 모습을 다리 위에서
내려다볼 수 있었지.
노천광에서 나오는 화학 물질 때문에 우리 냇가에는 아무런 생명체가
살 수 없었어. 아주 투명했지.

적어도 클리블랜드에 있는 쿠야호가 강처럼 불이 붙지는 않았어. 사람들은 속속들이 터져 나온 환경 오염 문제로
지구가 처한 위기를 예측했고, 1970년 4월, 처음으로 지구의 날이 생겼지.
Environment
Ecology
환경 생태학
…생태는 인간과 자연의 *관계*를 뜻하고,
그리스 어로
집이라는 단어에서
유래했단다.

● Beech Creek. 미국 펜실베이니아주 센터 카운티(Centre County)와 클린턴 카운티(Clinton County)를 흐르는 물줄기로
볼드이글 크리크(Bald Eagle Creek)의 지류.

기름 유출, 스모그, 쓰레기, 습지 파괴. 이런 식으로라면 지구에서
곧 살 수 없게 될 거라고 배웠어.
이런! 더 나빠지기 전에
사람들이 깨달아서
다행이야.
My WeeKly Reader
EARTH DAY
My WeeKly Reader
노가하이드.●

최초에 설립된 공장들이
뿜어내는 미립자 오염 물질을
보고 낭만주의자들이 환경에
대한 우려를 표했지만,

실효성 있는
관심과 지지를 얻는 데
이삼백 년이 걸린 거야.

이제서야 사람들은 우리가 생태계 안에 산다는 사실을
이해하기 시작했어. 1971년 여름, 아빠는 신기한
책을 집에 가져왔지.
Otto's
BookStore

시어스의 「위시 북」● 이 엘에스디* 에 취한 것 같았어.
이 카탈로그를 만든 스튜어트 브랜드는 나사(NASA)가 찍은
지구 위성 사진에 매료돼 있었지.
We can't put it together.
It is together.
THE LAST Whole Earth
The Last
Whole Earth
Catalog
ACCESS TO TOOLS

* 그때는 엘에스디(LSD)가 뭔지 몰랐지만, 그 책을 자세히
들여다보면 만드는 방법을 찾을 수 있었을지도 몰라.

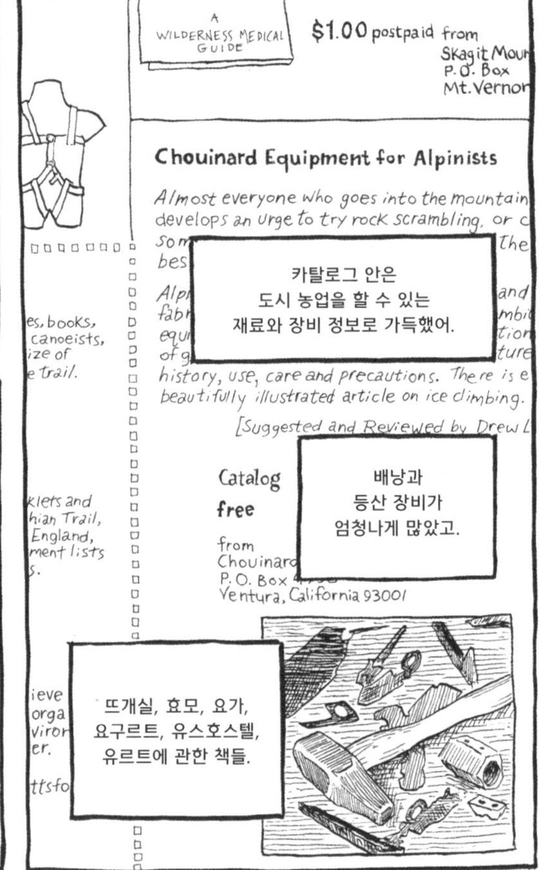
사람들이 지구의 이미지를 실제로 볼 수 있다면,
지구의 자원을 무한히 약탈할 수 없다는 사실을
깨달을 거라고 추론한 거야.
A
WILDERNESS MEDICAL
GUIDE
$1.00 postpaid from
P.O. Box
Chouinard Equipment for Alpinists
Almost everyone who goes into the mountain
develops an urge to try rock scrambling, or
history, use, care and precautions. There is
beautifully illustrated article on ice climbing.
[Suggested and Reviewed by
카탈로그 안은
도시 농업을 할 수 있는
재료와 장비 정보로 가득했어.
Catalog
free
from
Ventura, California 93001
배낭과
등산 장비가
엄청나게 많았고.
뜨개실, 효모, 요가,
요구르트, 유스호스텔,
유르트에 관한 책들.

● 인조 가죽 브랜드.

● wish book. 시어스 백화점에서 크리스마스 시즌을 겨냥해 발행하는 통신 판매 카탈로그.

브랜드는 버크민스터 풀러가 카탈로그의 거미줄* 같은 구조에 영감을 줬다고 공을 돌려. 풀러는 '체계 전체'를 생각했던 괴짜 건축가이자 발명가야.

Understanding Whole System

체계 전체를 이해하기

Operating Manual for Buckminster Fuller
1969, 193 pp
$7.25 postpaid
from
Pocket Books Inc.
1 W 39th St
New York NY 10018
WHOLE EARTH CA

ckminster Fuller

* 실제로, 엄청나게 많은 양의 정보를 모아 제공하는 카탈로그의 접근 방식은 오늘날 우리가 푹 빠져든 웹 구조의 전신으로 유명해.

이 디자인은 우리가 더 큰 무엇, 맥동하며 복잡하게 얽혀 연결된 전체의 일부라는 사실을 암시해.

caulk for sealing joints and other ingredients listed below. The entire dome – struts and skin – will fit in a 3/4 ton pickup truck.

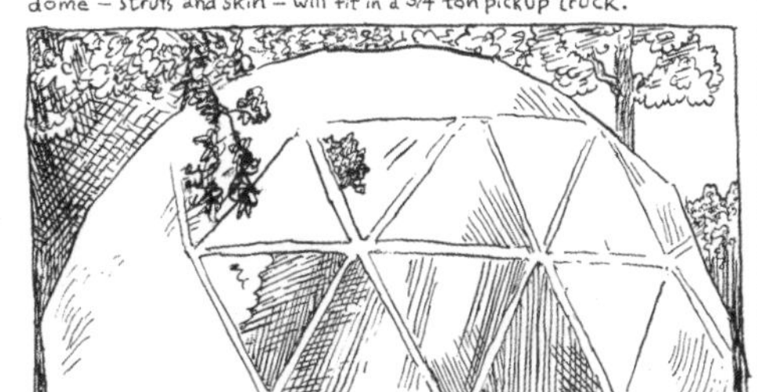

아마도 오늘날 풀러는 측지선 돔을 유행시킨 사람으로 가장 잘 알려졌을 거야.

풀러는 고모할머니인 마거릿 풀러에게 영감을 받았어.

"'우주부터 시작해서 부분으로 내려가야만 해. 그것을 이해해야만 한단다.' 라는 마거릿 고모할머니의 말씀이 내게 가장 큰 동기 부여가 되었다."고 말한 적이 있어.

마거릿이 초월주의자 저널 「더 다이얼」의 첫 발간을 앞두고 편집하려 앉았을 때 그녀의 비전은 무엇이었을까? 지적 운동으로서의 초월주의는 정의하기 어려운 것으로 악명 높지.

브루스 샘,
그냥 인사하려고 들렀어요.

The Last Whole Earth Catalog

아빠의 옛 제자들.
자동차로 국토 횡단 여행을 떠나기 전.

「전 지구 카탈로그」• 를 보면 '바로 이건데'라고 했을걸.

자신을 찾는 여행을 위해서.

비건 공동체, 자연으로의 여행, 진보적 학교들⋯

⋯급진적 인종·젠더 정치, 동양 철학을 포용하고 사회 규범은 거부하고⋯

맞아요, 샘.
「이지 라이더」•

⋯초월주의자들은 히피라는 게 생겨나기 전부터 히피였어.

● Whole Earth Catalog. 스튜어트 브랜드가 발간한 카운터 컬처 잡지이자 상품 카탈로그. 지구 백과라고도 불림. 1968년에서 1972년까지 발간됐고, 이후 1998년까지 간헐적으로 발간됨. 상품 소개와 리뷰가 주된 내용이나 상품을 직접 판매하지 않는 대신 판매자의 연락처를 게재하고, 자급자족, 생태 환경, 대안 교육, DIY 등의 삶을 도모함. 스티브 잡스가 스탠퍼드 대학교 연설에서 이 카탈로그를 검색 엔진 구글과 비교한 바 있음.

● Easy Rider. 데니스 호퍼 감독의 1969년 작품. 오토바이를 타고 미국을 횡단하는 두 젊은이가 주인공임. 히피로 대변되는 60년대 문화와 그것을 두려워하는 미국 사회를 그려 냄.

조금 거슬러 올라가 보자면, 마거릿 풀러가 영감을 받은 사람은
영국의 낭만주의자이자 원조 히피인 새뮤얼 테일러 콜리지야.

대중 선동가, 자연 예찬자, 약물 중독자.
이 사실을 알았더라면 대학교에서 「늙은 선원의 노래」를
꾸역꾸역 공부할 때, 세 배는 더 흥미로웠을 텐데.

콜리지는 케임브리지에서 엉망진창으로 생활했고,
빚을 피해 무모하게 군대*에 입대했어.

말을 잘 타지
못했음.

* 콜리지의 형은 '정신 이상'을 사유로 들어 콜리지를 조기 제대시켰어. 잭 케루악이 나중에 해군에서 '냉담한 성격'이라는 이유로 조기 제대한 것과 흡사해.

콜리지는 끝도 없이 활력이 넘쳤고, 일찌감치 도보 여행을
시작했어. 도보 여행은 민주 의식을 지녔던 대학생들
사이에서 대유행이었지.

노동자들의 옷을 입고
'민중'들과 섞임.

공화주의 정신으로
콜리지는 개인 소유보다는
공유제를 지지하게 됐고,
친구 로버트 사우디와
아메리카 대륙으로 이민을
가서-이 말 좀 들어봐-
유토피아 공동체를
만들려는 계획을 세웠어!

콜리지는 나중에 이렇게 회상했어. '엉뚱하지만 무해한 계획이었다.
인간이 완전해질 수 있는지 서스쿼해나강둑에서 실험해 보고 싶었다.'

Highest land
in Pennsylvania
E. Branch
E. Branch of Susqueh
Delaware R.
Lycoming
River
Sinnemahoning
W. Branch of Susquehanna
Bald Eagle Cr.
Bald Eagle Mtn
Northumberland
Sunbury
Penns Cr.
N S Y L V A N I A
Schulki
Delaware

서스쿼해나!
내가 자주 가던 비치 크리크가
흘러 들어가는 강이야!

그 계획을 구상하면서
콜리지와 사우디는
한 자매와 각각
결혼했지만 결국
공동체 실험은
무산됐어.

콜리지와
사라 프리커의 관계는
순탄치 않았고.

콜리지는 심지어 그 시대의 기준으로도 나쁜 남편이었어. 오랫동안 사라졌다가
종국에는 사라를 떠났지.
9일간 혼자 도보 여행 떠남.
영국 북부 등산 여행.

콜리지는 한동안 「왓치맨」이라는 급진적 저널을 출간했어.
연설, 강연, 저널리즘에 더불어 시를 쓰며
정신없이 바쁜 기간을 보냈어.

…다양한 부상과 병을 달고 살면서 아편으로 치료했지.

그가 동경하던 윌리엄 워즈워스와 친구가 됐어.
당신의 작시법은…
…때로 거칠고, 당신의 시어는
모호하지만 아주 남성적이야!
색채 묘사는 어찌나 생생한지!

윌리엄은 자신의 여동생 도로시와 함께 사는 집으로 콜리지를 초대했어.
어느 날 워즈워스는 콜리지가 최단 거리로 오려고 집 대문을 뛰어넘어
들판을 가로지르는 모습을 보았어.

말 그대로
그들의 삶으로
도약한 콜리지는
두 사람에게
지워지지 않을
인상을 남겼지.

그로부터 40년이
지나고, 콜리지가
죽은 뒤에도 둘은
여전히 그 일에 관해
얘기했어.

콜리지가 마거릿 풀러에게 영감을 줬듯이, 마거릿 풀러는 종손자 버키* 에게 영감을 주었고, 버키는 나의 가장 친한 친구 베스의 아버지에게 영감을 줬어. 걔네 아빠는 측지선 돔에 푹 빠져 있었어…

모두 삼각형이야! 삼각형이 가장 단단한 모형이지.

…근방 언덕 꼭대기에 돔을 세 개나 지었거든.

그리글윅스 박사, 미대 교수

하지만 현실에서 이 삼각형들은 비가 스며들 수 있는 수많은 연결 지점을 만들었어. 섬유 유리 봉합제* 냄새가 취할 정도로 배어 진동했고.
뇌세포가 하나도 남지 않을 것 같아.
NOXO SEAL
✽ 이 재료 중 다수가 「전 지구 카탈로그」에 소개되었음.

그리글윅스 박사는 베스의 새엄마, 또 다른 그리글윅스 박사를 주요 주제로 그리는 화가였어.
합판 조각들
그리글윅스 박사의 극장/연설 공간

누드화는 잘 모르겠지만 무아지경에 빠져 붓으로 그린 잡초 그림은 꽤 좋았어.
실제로 그 수풀이 된 느낌이었지.

그리글윅스 박사의 누드화는 괴상했지만, 성(性)에 열린 자세의 본보기가 됐어. 훗날 내가 성적으로 사회에 반항하게 됐을 때 요긴했지.

하지만 사춘기가 지날 때까지 그런 일은 일어나지 않았어.

● Bucky. 버크민스터(Buckminster)의 애칭.

11살이던 겨울 끝자락에 아빠,
남동생들과 밤 스키를 타며 빙판길을
내려오는 중이었지.
크리스천이
먼저 길을 닦았어.
걜를 피하려다가 나도 뒤로 거꾸라져…
WHUMP!
쿵!
…나무에 심하게 들이받았지. 다행히 머리를 박지는 않았어.
그 당시 아무도 헬멧을 쓰지 않았거든.
옷이 다 찢기고 피부도 벗겨졌어.
하지만 그보다 더 깊은 뭔가가 파열됐지. 나무에 엉덩이로
먼저 부딪쳐보지 않았던 몸의 순진함.
우리 몇 바퀴 더 돌고 올 테니
여기 좀 앉아 쉬거라.
나는 그냥 넘어진 게 아니었어. 에덴 동산에서 쫓겨났지.
꼬리뼈는 나았고 계속 스키를 탔지만, 더 조심했어.
더 뻣뻣하게.
의심이
늘어난 채로.

끝내주는 초등학교 생활을 마치고 7학년을 시작한 나는 아연실색했어. 성별을 구별하는 끔찍한 법칙들이 아주 작은 것에도 강요됐거든. 심지어 책을 드는 방식에도 말이야.

여학생 방식.
남학생 방식.
어이 꼬마, 캠핑 가니?
하하!
SLAM!
꽝!
COACH
코치
내 방식.

이 새로운 환경에서 가장 끔찍했던 건 체육 시간을 마치고 다 같이 하는 단체 샤워였어.

존슨! 너는 물도 안 묻혔잖아! 다시 들어가!

피할 수 없었어. 그래서 남들 앞에서 발가벗는 시간을 최소화할 방법을 찾아냈어.

아버지는 이 학교 선생님이었어. 그래서 더 심한 괴롭힘에서 안전했을 거야. 책가방을 한 번도 본 적 없는 네안데르탈인들에게 더 심하게 창피를 당할 수 있었거든.

브루스 샘, 저 꼬마 잘 지켜보세요. 도망갈 것 같아요!

…하지만 나름 안 좋은 점도 있었지.

보써트 선생님이 네가 화장실에서 옷을 갈아입는다고 하시더라. 더는 그러지 마라.

체육 시간에 우리는 학교 앞 400m 트랙을 한 바퀴 돌면서 몸을 풀곤 했어. 뛰는 게 싫진 않았지만, 팀에 자원해서 더 뛸 생각은 들지 않았어.
제대로 뛰어, 아가씨들! 안 그러면 다시 뛸 테니까!
BALD EAGLE-NITTANY HIGH SCHOOL
여자아이들이 참여할 수 있는 운동이라곤 소프트볼, 농구, 체조뿐이었어. 응원 팀을 빼고는.

1972년, 그해 통과한 교육 개정법 안에는 9조가 포함됐어.

'성별에 근거한' 차별을 금지하자 점차 동등하게 운동 기회가 주어지기 시작했지.

고교 스포츠팀에서 뛰는 여학생들의 수는 2010년이 되자 열 배까지 증가했어. 하지만 내가 학교에 다니던 시절에는…
…쎈 언니들만 운동했지.

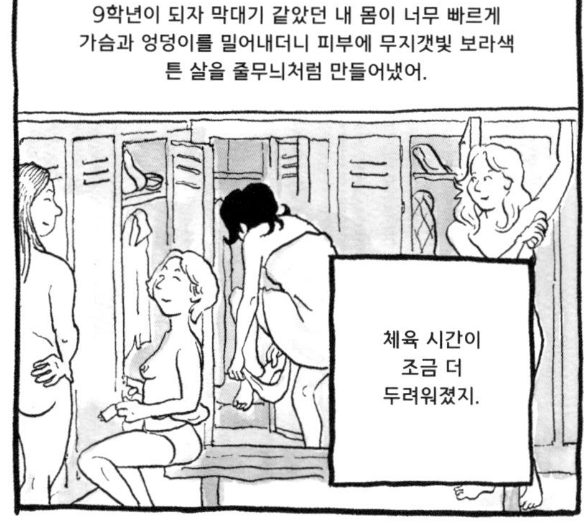
9학년이 되자 막대기 같았던 내 몸이 너무 빠르게 가슴과 엉덩이를 밀어내더니 피부에 무지갯빛 보라색 튼 살을 줄무늬처럼 만들어냈어.
체육 시간이 조금 더 두려워졌지.

갑작스레 어른이 되어가는 과정엔 더 심란한 무언가가 기다리고 있더군. 14살이던 어느 날 새롭고도 이상한 감각에 사로잡혔어.
?!

피로.
어렸을 땐 이 언덕을 오르고
또 올라도 지치지 않았어.
어떻게 된 거지?

엄마가 보시는 운동 책이 집에 굴러다녔어.
학교 밖 체육 선생님 같은 러시아 남자가 쓴 책이었지.

도입부를 다 읽기도 전에 빠져들었어.
'우리는 모두 뭔가 다른 신비한 것을 찾고 있다.'고
쓰여 있었거든.

그는
'몸과 마음의 편안한
그 황홀한 상태'를
러시아말로 *오트라다*
라고 불렀어.

'불행하게도 우리
대부분은 이 만족스럽고
기쁜 느낌을 어린이와
사춘기 사이 어딘가에서
잃어버린다.'고 해.

그 책은 지구력, 유연함, 균형감, 속도, 조정력을 기르는 운동으로
이 잃어버린 느낌을 되찾을 수 있다고 했지.
기분 좋게 짜인
체계적인 접근법

여자는
'눈에 띄는 근육을 너무
발달시키지 말아야 한다'
는 둥, 만약에 이미 근육이
있다면 '줄이도록 해야
한다'는 둥, 어디나 늘
있던 젠더 고정관념은
무시했어.

그러던가 말던가. 그 책의 동작들은 초인적 힘의 비밀을 보장했던 책 내용보다 쓸 만했어.

얍!
다른 데서 하면 안 돼?
Speed
EMERGENCY

책에 나온 운동 프로그램을 꾸준히 따라 했고 머지않아 오트라다가 한꺼번에 되돌아왔어.

앨리슨, 세상에.
멀리뛰기를 해야 해요.
사실, 염려될 정도로
그 여파가 컸어.

하루는 힘이 넘쳐 할머니 댁까지 달려 봤어.

구체적인 목표를 이루고야 말았을 때,
그 기분이란!

BECHDEL
FUNERAL HOME
벡델
장례
서비스.

열을 좀 식혀야 할 때면 할머니 댁까지 1㎞ 넘는 길을 쉬지 않고 달려갔다 왔어.
점점 더 그런 감정이 들 때가 많았어. 달리면 달릴수록…

…더 달려야 했어.

10학년을 시작한 지
얼마 되지 않던
어느 날, 나를
시험해 보고 싶어졌지.

더 멀리까지 달릴 수
있는지 말이야.
베이크 오븐 언덕을
돌아오는 5㎞ 정도
되는 루트였어.

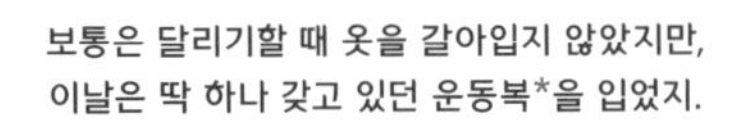

보통은 달리기할 때 옷을 갈아입지 않았지만,
이날은 딱 하나 갖고 있던 운동복*을 입었지.

* 체육 시간에 입어야 했던
그 끔찍한 옷을 빼면. 학창 시절
체육복 디자인이 참정권 운동의
선구자 아멜리아 블루머에게서
영감을 받은 19세기 운동복
'블루머스'에서 유래했다는
사실을 지금에야 알지만.

건포도와 땅콩도 좀 챙겨 갔어. 장거리
달리기를 뒷산 오르기 정도로 여긴 거지.

내 계획을 아무에게도 말하지 않았어.

힘들면 멈추고 걸으려고 했지만
힘들지 않았어. 계속 뛰었어.
고속도로를 건너서…

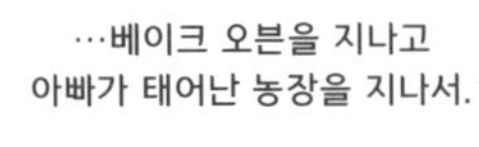

…베이크 오븐을 지나고
아빠가 태어난 농장을 지나서.

가져갔던 견과류엔 손도 대지 않고 계획
했던 거리를 다 뛰고 집으로 돌아왔어.

쉬지도 않고요!
뭐어--라고?!

기분이 너무 좋아서 계속 달렸어. 당시 사람들은 달리는 사람에
익숙지 않았고 나도 달리기를 어떻게 생각해야 할지 잘 몰랐어.

그 사람
저리로 갔어!

곧 일어날 일이었어. 회색 운동복이 땀으로 짙게 변하듯,
'조깅'은 미국인들 마음속에 스며들었지.

나는 그런 일이 일어나길 바라는 사람 중 하나였어. 새롭고 독특한 브랜드에서 다양한 스니커즈를 출시했고
내게는 벌써 아디다스 가젤 한 켤레가 있었지. 금세 파격적인 새 가게가 생겼어.
스니커즈만
판다고?!
athletic
attic
인정하자. 달리는 데 특별한 도구가 필요하지는 않아.
하지만 달릴 때만 느낄 수 있는 그 희열감 때문에 달리기를 상품화하기 쉬웠어.

아마도 그 러시아 남자가 말한 '뭔가 신비한 것'.
여기서
탈의실 냄새가 나네.
사실 유용했을 법한 특별한 물건이 하나 있지만, 버몬트 여성 몇몇이
국부 보호대로 '조그브라●'를 만들기까지 몇 년 더 걸렸지.

사춘기에 일어나는
끔찍한 몸의 변화는
통제할 수 없었지만
얼마나 멀리 뛸지는
통제할 수 있었고,
달리기는 그 나름의
변화를 약속했어.

점점 몰입했어.
단련됐지!

● Jogbra. 최초의 스포츠 브라. 남성의 국부 보호대(Jock, 조크) 두 개를 꿰매어 만들어 조크브라(Jockbra)라고 불리던 것이 나중에 조그브라로 이름이 바뀜.

달리기는 학교에서 받은 사회적 스트레스에서 벗어나고,
나를 잊고 몰입하는 한 가지 방법이기도 했어.

SCHX SCHX SCHX

그즈음 「로키」를 봤지. 그 유명한 트레이닝 장면에 이끌려
운동 몇 가지를 더 늘렸어.
(동전과 구슬들로 채운
빨래 가방)
(아빠의 좋은 스키 장갑.
장갑으로 뭘 하는지
아빠가 알기 전까지 유용했음)

여자애들과 줄넘기를 하지 않은 게 유감스러웠어.
운동이 엄청나게 되는데!

휙휙 WHAPPITA
휙휙 WHAPPITA
휙휙 WHAPPITA

'조깅화'를 살 돈은 없었지만, 새로 생긴 가게에는
내가 살 수 있는 가격대의 물건이 있었어.
GATOR-ADE MIX
게토레이 믹스
.99
RUNNER'S WORLD
SHIN SPLINTS AND YOU
달리는 사람들의 세상
정강이 통증을 겪는 당신

가족들은 내 새로운 집착을
어떻게 받아들여야 할지 잘 몰랐어.
내 게토레이 어딨어?
그 초록색 물? 내가 마셨지.

아---빠!!
나는 그게 **필요하다고요!**
전해질을 보충해야 해요!

정강이 통증이 생기기 시작했을 때 나는 쿠션 없는
가젤*을 집어던지고 달리기에 적합한 러닝슈즈를 샀어.

BROOKS

* 이름과 다르게 달리는 용도로 만들어지지 않았음.

브룩스 빌라노바스 신발에 일종의 열망을 느꼈어.
달리기에는 뭔가 에로틱한 느낌이 내재돼 있었어.
자기 몸에 대한 인식이 늘어난달까…

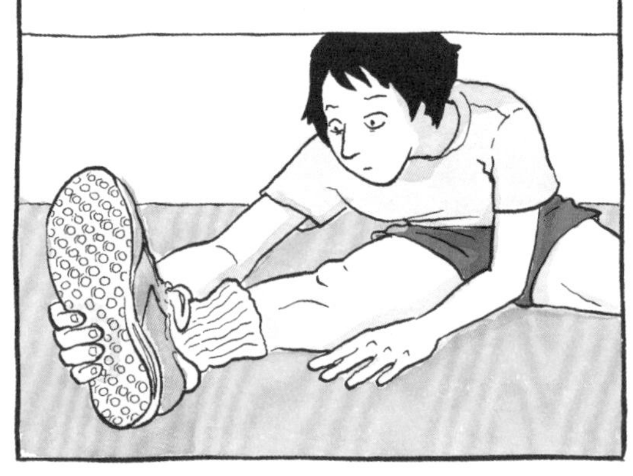

…수량화하기 어려운 욕망 같지만.
달리기는 쫓는 거야.
초기 인류는 먹잇감을 지치게 하려고 장거리를 뛰었어.

그 사람
저리로 갔어!

뛰는 동안 내가 자주 느꼈던 온화한 도취 상태는
생존을 도와주는 행동을 장려하는 진화적 보상이었어.

하지만 당시엔 고양된 나의 상태를 화학 작용으로 보기보단 신비스럽게 여겼어.
운동화 가게에서 본 소책자가 내 눈을 사로잡았지.

보려고 쓴 안경이 아니라 눈에 띄고 싶지 않아 쓴 안경
JOE HENDERSON
조 헨더슨
LONG SLOW DISTANCE
The Humane Way to Train
길고L 느리게S 장거리달리기D 인간적인 방법으로 운동하기
이 무렵 나는 의식을 확장시키는 엘에스디●의 속성에 대해 들었어.

이런,
이해하기 어려운 트레이닝
교본이 또 하나 늘었네.
예상대로 옷장 뒤에
처박아 둔 주짓수 교본과 같은
운명에 처했어.

길고 느리게
장거리를 달린다는 생각이
머릿속에 박혔어.
하루는 보통 뛰던 코스를
다 돌고 계속해서 뛰다가
집을 지나치고
또 한 번 더 뛰었어.

● 엘에스디(LSD, Long Slow Distance). 느리게 달리는 장거리 달리기와 환각제인 엘에스디(LSD, Lysergic Acid Diethylamide)의 약자가 같음을 활용한 언어유희.

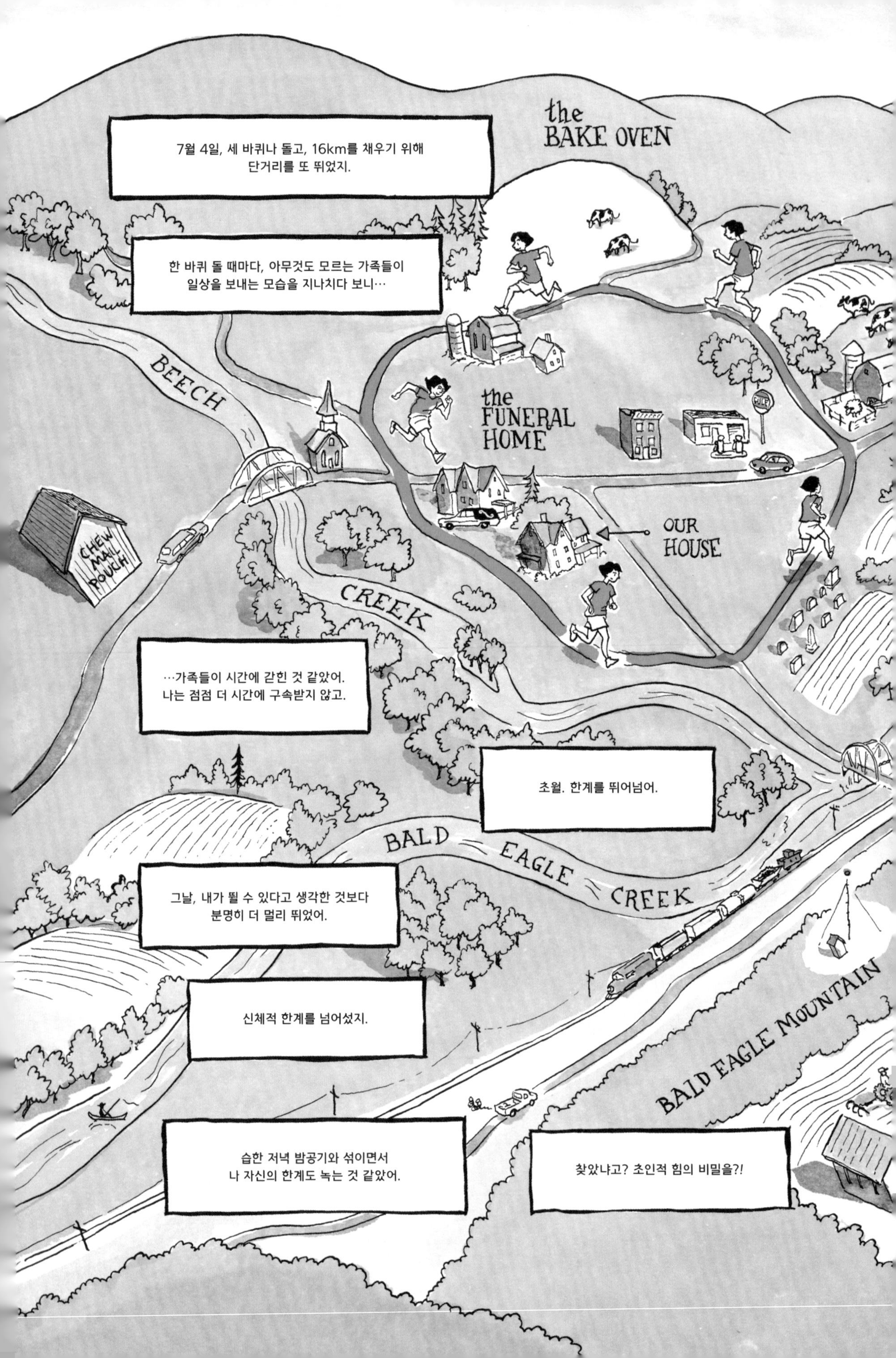
7월 4일, 세 바퀴나 돌고, 16km를 채우기 위해
단거리를 또 뛰었지.
the BAKE OVEN
한 바퀴 돌 때마다, 아무것도 모르는 가족들이
일상을 보내는 모습을 지나치다 보니…
BEECH
the FUNERAL HOME
GULF
CHEW MAIL POUCH
OUR HOUSE
CREEK
…가족들이 시간에 갇힌 것 같았어.
나는 점점 더 시간에 구속받지 않고.
초월. 한계를 뛰어넘어.
BALD EAGLE CREEK
그날, 내가 될 수 있다고 생각한 것보다
분명히 더 멀리 뛰었어.
신체적 한계를 넘어섰지.
BALD EAGLE MOUNTAIN
습한 저녁 밤공기와 섞이면서
나 자신의 한계도 녹는 것 같았어.
찾았냐고? 초인적 힘의 비밀을?!

16살 무렵 만화책 광고를 졸업하고 「뉴요커」 광고로 옮겨 갔어. 하루는 어렸을 때 입었던 셔츠와 비슷한 윗도리를 주문했어.

L.L.Bean

Turtle Neck Sailor Shirts For Men and Women

세일러 목티 남녀공용

Rugged cotton rib-knit shirts styled after the French Navy's. Handsomely striped and loose fitting. Hip length body and long sleeves. Washable. Color: Navy

새로운 차원으로 이끄는 문과 함께 도착했어. 몰스킨*으로 만든 방한모, 파카, 방한 토시, 바지가 있어야 하는 삶의 차원.

몰스킨이 많이도 쓰였네!
L.L.Bean Fall 1976
엘엘빈 가을 1976
L.L.Bean Maine

눈이 금방이라도 쏟아질 듯한 대기에 장작 연기 냄새가 스민, 견고하고 유니섹스한 차원.

Maine Snowshoe Furniture
메인 설피 & 가구점
'뉴 잉글랜드'라고 불리던 차원.

뉴 잉글랜드는 내가 좌초된 애팔래치아강 하류보다 더 문명화 됐으면서도 동시에 자연 속 야생의 모습을 간직한 듯했어.

저…
주문하고 싶어요.

나 스스로 그곳에 도달하기 전까지는 할부로 구매할 수 있었지.

알고 보니 「전 지구 카탈로그」의 영감이 된 사람은 버크민스터 풀러 한 사람이 아니었어. 스튜어트 브랜드에게는 '땅으로 돌아가' 공동체에서 생활하는 친구가 많았지.

1987J. 진홍색 리버 드라이버 셔츠요.
Last Whole Earth
Atlas
프로젝트에 어떻게 공헌할 수 있을까 구상하다가 '엘엘빈 아웃도어 제품 카탈로그가 떠올랐다'고 해…

● 한쪽 면을 기모화시켜 촉감이 부드럽고 따뜻한 느낌이 나는 면직물.

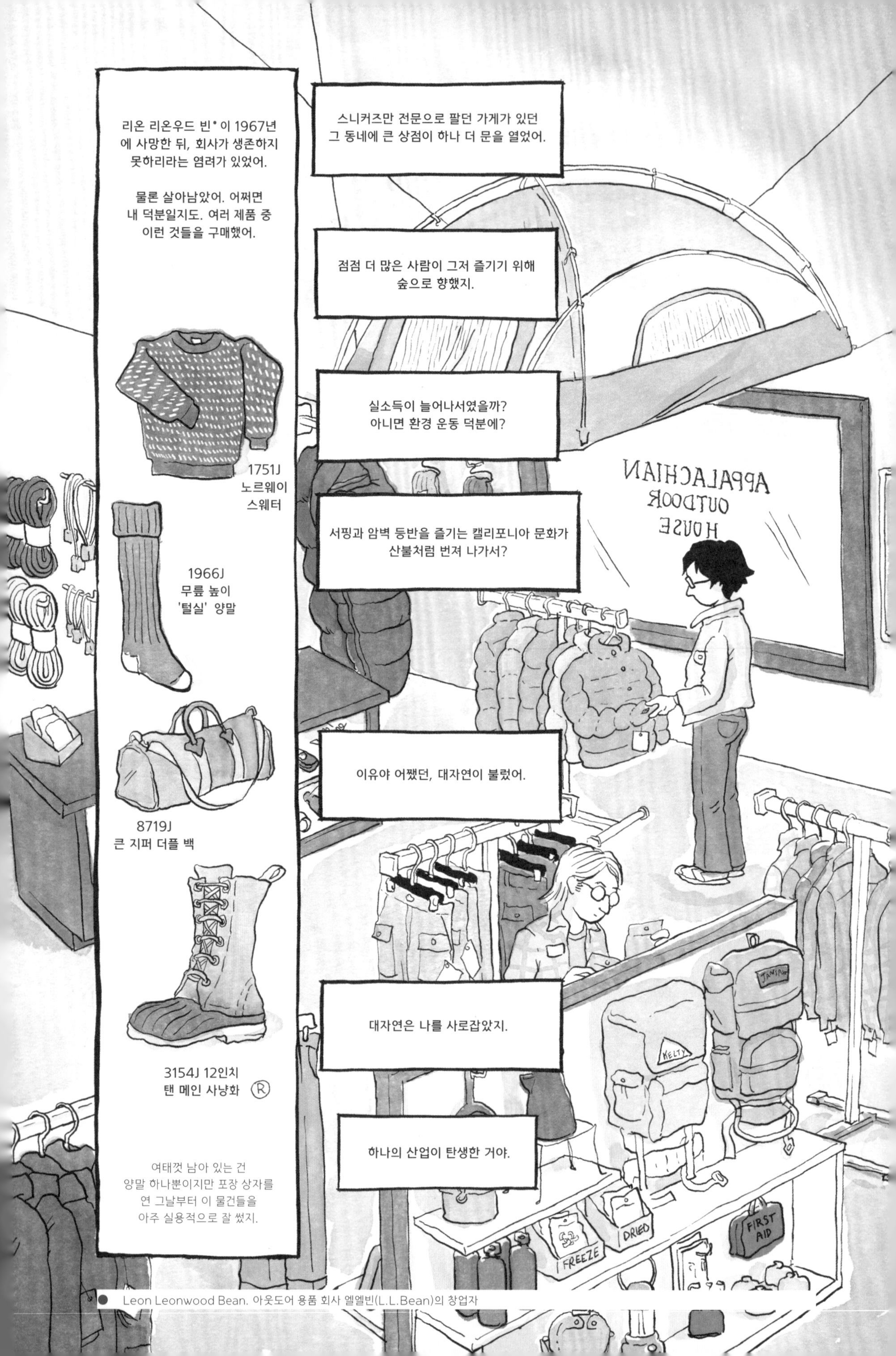

스니커즈만 전문으로 팔던 가게가 있던 그 동네에 큰 상점이 하나 더 문을 열었어.
점점 더 많은 사람이 그저 즐기기 위해 숲으로 향했지.
실소득이 늘어나서였을까? 아니면 환경 운동 덕분에?
서핑과 암벽 등반을 즐기는 캘리포니아 문화가 산불처럼 번져 나가서?
이유야 어쨌던, 대자연이 불렀어.
대자연은 나를 사로잡았지.
하나의 산업이 탄생한 거야.
리온 리온우드 빈* 이 1967년에 사망한 뒤, 회사가 생존하지 못하리라는 염려가 있었어.
물론 살아남았어. 어쩌면 내 덕분일지도. 여러 제품 중 이런 것들을 구매했어.
1751J 노르웨이 스웨터
1966J 무릎 높이 '털실' 양말
8719J 큰 지퍼 더플 백
3154J 12인치 탠 메인 사냥화 Ⓡ
여태껏 남아 있는 건 양말 하나뿐이지만 포장 상자를 연 그날부터 이 물건들을 아주 실용적으로 잘 썼지.
APPALACHIAN OUTDOOR HOUSE
KELTY
FREEZE
DRIED
FIRST AID

● Leon Leonwood Bean. 아웃도어 용품 회사 엘엘빈(L.L.Bean)의 창업자

새로운 스포츠에 집착하기 시작했어.
크로스컨트리나 노르딕 스키는 우리 가족이 타던 다운힐, 알파인 스키와 달랐지.
리프트권이 필요 없었어. 아무 곳에서나 탈 수 있었거든.

크로스컨트리 스키, 그 재미를 찾아서

소로는 「산책」에서
도보 여행을 떠날 때 '이상하고
엉뚱하게 보일지 모르겠지만'
반드시 남서쪽으로
향한다고 썼지.

'나에겐 그 방향으로
미래가 펼쳐져 있고,
토양도 덜 고갈되고
풍요롭게 보인다.'

내가 북쪽에 대해 느끼기 시작한 감정과 비슷했어.
하루는 깊게 쌓인 눈 위에서 스키를 탔어. 무성한 숲속,
그 코듀로이 니커보커스.●

이렇게 번쩍거리고, 시끄럽고, 자원을 낭비하는
산업에 비해 얼마나 순수했던지!
GET UP AND BOOGIE!
일어나 흔들어!
RRRR
웅웅웅
스키 발레

1976년과 1977년에는 스키 시즌이 일찍 시작됐어.
추수 감사절은 우리 가족의 세 번째 스키 시즌이었지.
아빠는 운전면허를 딴 지
얼마 되지 않았던 내게
집까지 운전하게 했어.

● 무릎 근처에서 졸라매는 식의 품이 넓고 느슨한 바지. 여행, 등산, 골프, 스키 따위를 할 때 입음.

얼마 가지 않아 내리막 커브 길에서 통제력을 잃었어.

기적적으로 다른 차와 부딪히지 않았고…
…급경사가 진 둑 아래로 가족 모두와 함께 추락하지도 않았어.

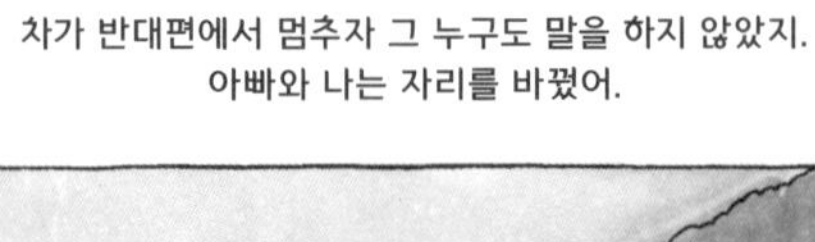

차가 반대편에서 멈추자 그 누구도 말을 하지 않았지.
아빠와 나는 자리를 바꿨어.

MORE THAN A FEELIN'…

16km가 지나서 아빠는 차를 세웠어. 여전히 아무 말도 없이.
어찌 된 영문인지 나는 내가 해야 할 일을 알았어.

내가 좀 발작적으로 자기 부정과 비판을 하면서
꼴사납게 힘들어 하는 건 사실이지만, 동시에 내겐
1970년대 스테이션 왜건 만큼이나 단단한 자신감이 있어…

…상당 부분이 이 물리적 교훈 덕이지.

이 교훈 덕분에 다음 인식이 생겼어.
열 번째 스키 시즌이었어. 넘어지지 않고 능숙하게
전문가 슬로프를 판에 박힌 듯 오가는 동안…

…정체된 느낌을 받았지.

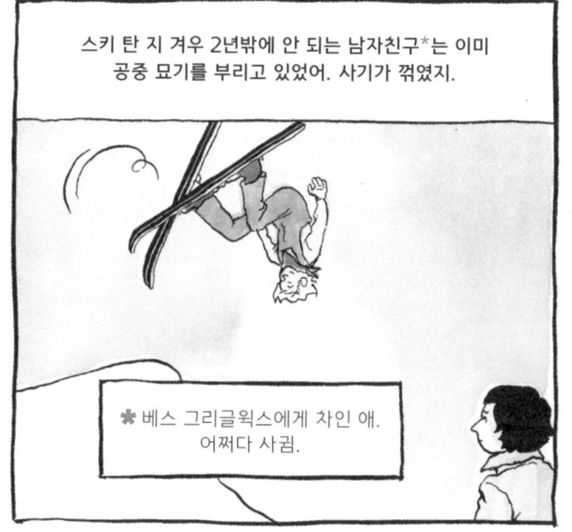
스키 탄 지 겨우 2년밖에 안 되는 남자친구*는 이미 공중 묘기를 부리고 있었어. 사기가 꺾였지.
* 베스 그리글윅스에게 차인 애. 어쩌다 사귐.

하루는 팀이 '웡 묘기 점프'*를 연습하는 모습을 보다가 내가 넘어지지 않는 게 문제라는 걸 깨달았어.
* 프리스타일 스키 선수 웨인 웡의 이름에서 따옴.
!

무릎을 넘어뜨리는 연습부터 시작해서 전속력으로 달리다가 손을 놓아 버리는 데까지 이르렀지.
스키 탈 때 즉각적으로 새롭고 부드러운 여유가 생겼어.

하지만 그해 겨울이 알파인 스키 마지막 시즌이었어. 크리스마스가 지나고 나서는 노르딕 장비를 사서 엄청나게 추었던 그 겨울 동안 개울가에서 연습했거든.
다운힐 장비보다 훨씬 가볍고 쌌음.

내가 꼬마였을 때 이후 처음으로 비치 크리크가 완전히 얼었어. 2월 어느 따뜻한 날, 냇가 쪽에서 엄청나게 큰 소리가 났지.
우아아앙
GROAAN
CRAK! 쩍!

거대한 얼음 조각이 어마어마한 댐을 만들었고 그 위로 물이 흘렀어.

눈앞에서 댐이 천둥 소리를 내며 부서졌고 성난 물결이 거세게 휘돌아 내려갔어.
이 장대한 광경을 목격하다니. 기적 같았어.
'공포에 가깝게 기뻤지.' 자연에서 날아갈 듯한 행복감이 엄습할 때 에머슨이 묘사한 것처럼 말이야.
그 황홀한 순간에 내가 우주의 중심이 아님을 알 수 있었어.
그저 일부분이란 걸.
잡지들은 그해 겨울을 '빅 프리즈• '라고 불렀어. 전 세계 평균 온도가 20세기 평균 온도보다 낮았던 마지막 해였지.
Difference from average
1
0.5
0
-0.5
-1
20th century average
1900
1950
2000
소로는 콩코드 주변 강가에서 하루에 100km 가까이 스케이트를 탄 적이 있어.
온도가 점점 올라가서 그런 기록을 세우는 일이 한동안 불가능해졌어.

• the big freeze. 우주 팽창으로 인해 물체와 물체 사이의 거리가 점점 멀어지고 우주 온도가 절대 온도를 향해 계속 낮아져 결국에는 절대 0도에 가깝게 식어 버린다는 우주 종말론.

한파가 일시적으로 찾아올 때 나는 언제나 집중이 더 잘됐어. 에머슨도 그랬나 봐.
1835년과 1836년 기록적으로 추웠던 겨울, 에머슨은 집필을 많이 했어.
독서와 생각이 새롭고 흥미로운 방식으로 융합됐지.
두 번째 부인 리디안이 임신했다는 소식에 기뻤고,

「자연」이라는 작품을 6월까지 순조롭게 폭풍 집필했어.
자신의 생각을 믿어라, 탁월해!

7월쯤 집필이 거의 끝날 무렵 한 손님이 방문했어.
마거릿 풀러는 오래도록 에머슨을 만날 궁리를 해 왔지.

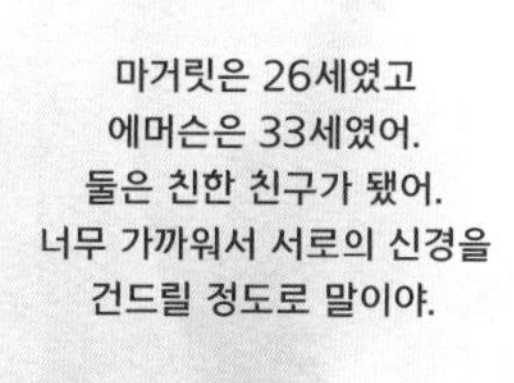
마거릿은 26세였고
에머슨은 33세였어.
둘은 친한 친구가 됐어.
너무 가까워서 서로의 신경을
건드릴 정도로 말이야.
지적 동지였던 그들은
자기 배우자, 혹은 배우자가 될
사람과 공유할 수 없는
무엇을 서로 주고받았지.

마거릿이 처음 방문했을 때, 에머슨은 자신의 원고를 마거릿에게 읽어 주었어.
풀 한 포기 자라지 않는 맨땅에 서서 계곡에서 불어오는 바람에 머리카락을 부드럽게 흩날리며 고개를 들고 무한하게 펼쳐진 하늘을 본다.
그러면 천박한 이기심은 모두 사라져 버린다.
나는 투명한 안구(眼球)가 된다. 나는 아무것도 아니지만 모든 것을 본다.

에머슨의 친구는 이 투명한 눈동자의 순간을 만화로 그렸지.
물론 에머슨이 말하려는 바를 진짜로 그릴 수는 없어.
자신이 사라지는 순간을.

에머슨의 첫 번째 부인 엘렌은 결혼한 지 2년이 채 못 돼 세상을 떠났어. 그의 깊은 슬픔은 그를 해방하는 효과를 가져왔지. 유럽과 연결돼 있던 지적 연결 고리를 끊어 내며…

(그는 아내가 사망한 지 1년이 지나 실제로 관을 열어 봤어.)

…나름의 방향으로 인도했어. 바가바드 기타●는 그의 내면 깊숙이 우주와 신성에 대한 동양적 관점의 안목을 열었지.

!

Why do you speak of friends and of relations? Why of men? Relations, friends, men, beasts or stones are all one. ★

교회를 떠난 뒤 에머슨은 개인과 세상의 관계에 대한 자신의 새로운 아이디어를 자세히 설명하는 대중 강연을 시작했어.

나 자신의 적은 나라는 섭리의 정체성, 용기는 언제나 그 믿음에 기반을 두고 있습니다…

19세기 테드 강의

…당신이 싸우는 자는 자신일 뿐입니다.

에머슨은 유니테리언 파를 이탈한 사람들과 그룹을 형성해서 '더 깊고 넓은 관점'을 탐구했어.

사람들은 처음에 이들을 얕잡는 투로 초월주의자들의 클럽이라 불렀지.

1838년 에머슨이 하버드 신학대학원에서 전통적인 기독교가 생명이 없다고 비판하는 연설을 한 뒤 결별은 분명해졌어. 악명 높았던 이 연설 후 30년 동안 하버드를 출입할 수 없었지.
믿음은, 일출과 일몰의 빛…
…하늘에 뜬 구름과 새들의 지저귐과 꽃의 숨결과 융화되어야 합니다.

● Bhagavad Gītā. 고대 인도의 힌두교 경전의 하나. 거룩한 신의 노래라는 뜻으로, 인도의 대서사시 「마하바라다」 제6권에 들어 있으며, 우주의 원리를 해설하거나 헌신과 행동에 대한 철학적 생각이 들어 있음.

★ 어찌하여 친구에 대해, 관계에 관해 이야기하는가? 인간에 대해선? 관계, 친구, 사람, 괴물이나 돌 모두 매한가지이다.

고등학교 마지막 학년을 마치지 않고 매사추세츠에 있는
대학으로 바로 진학하게 됐어. 팀과는 별 감정 없이
헤어졌고. 이곳이 지겨웠어.

우리는 아무런
공통점이 없어.

뉴 잉글랜드로 향했어!

남자보다 여자를 더 좋아할지도 모른다는 불안이
깜박였지만 안 그래도 사회적으로 섞이는 게 쉽지 않은
내가 동성애자로 산다는 건 상상도 할 수 없었어.

하지만
세상은 바뀌고 있었어.

사실 그 여름,
특히 한 사람이
뉴 잉글랜드에서
변화를 일으켰지.

시인 에이드리언 리치는
버몬트 시골집에 있었어.

WEST BARNET GENERAL STORE
TELEPHONE

웨스트 바넷 잡화점

리치와 남편은 아이들이 어렸을 때 그 집을 샀어.

60년대 후반
둘 다 급진적 정치에
휩쓸렸고 결혼 생활은
파경을 맞았지.

리치의 남편은
혼자 집에 돌아왔고
자살했어.

그로부터 6년 후 리치는 9번째가 될 시집『공통 언어를 향한 꿈』을 집필했어.
레즈비언으로 커밍아웃한 후 처음 출간한 시집이지.

「초절기교 연습곡」
(미셸 클리프를 위해)

TRANSCENDENTAL ETUDE

(FOR MICHELLE CLIFF)

8월의 저녁 나는 야생 당근 줄기 늘어선
시골길을 운전하며 지났다
내 차에 초원의 어린 사슴들 놀라-

This August evening I've been driving
over backroads fringed with queen anne's lace
my car startling young deer in meadows—one

그 시집에 실린 시들은 어떤 면에서
자기 초월을 노래하지.

마지막에 실린 시는 자연 관찰이라는
낭만주의 전통으로 시작돼.

사람들은 이 목가적인 이미지를 두고 워즈워스가 '불멸의 암시'라
부른 그 무엇을 떠올릴지도 몰라.

하지만
이 시는 에머슨의 초월주의를
나타내기도 해.

(제목은 고도의 기교로 유명한 리스트의 피아노 연습곡 제목과 같지.)

대학에서 리치는
『미국 르네상스, 에머슨과
위트먼 시대의 예술과 표현』
이라는 책으로 유명한 학자,
프랜시스 오토 매티슨과
공부했어.

매티슨은 에이드리언을
정치적으로 일깨웠지.

그는 완전히
커밍아웃하지 않은 게이이자
사회주의자였거든.

매티슨은 2학년 때
12층 창문에서 뛰어내려 죽었고,
그의 죽음은 에이드리언에게
일종의 생명줄을 줬어.

다른 사람과의 관계 속에서
자신을 보는 방식.

에이드리언은 권력과 특권을
이해하면 할수록 남은 삶 동안
자신을 계속해서 수정했지.
마치 원고처럼.

이 시를 나와 함께 감상했던 애인들이 얼마나 많았는지!

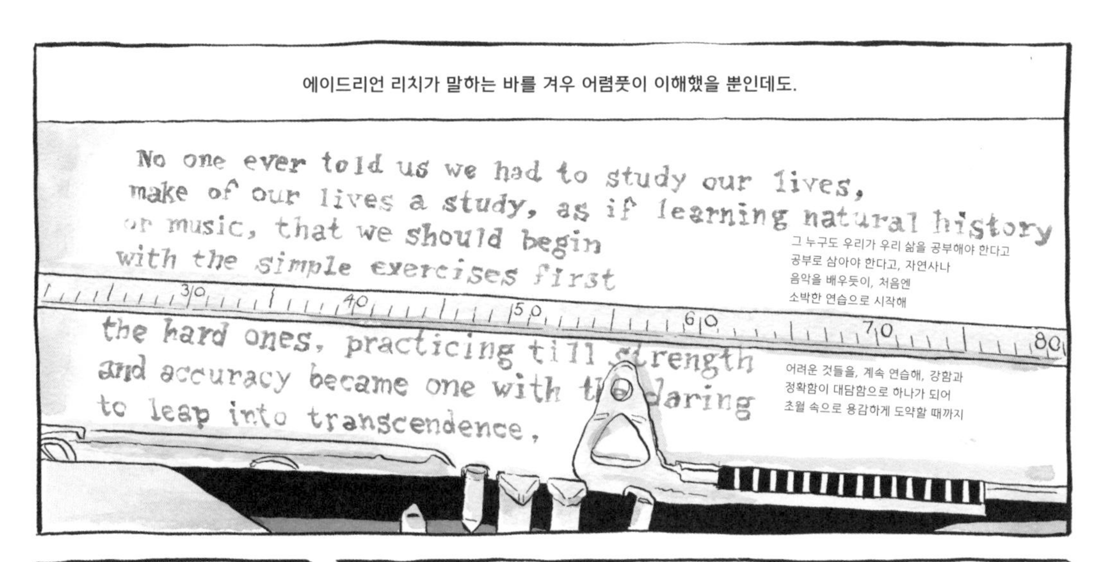
에이드리언 리치가 말하는 바를 겨우 어렴풋이 이해했을 뿐인데도.
No one ever told us we had to study our lives,
make of our lives a study, as if learning natural history
or music, that we should begin
with the simple exercises first
the hard ones, practicing till strength
and accuracy became one with the daring
to leap into transcendence.
그 누구도 우리가 우리 삶을 공부해야 한다고
공부로 삼아야 한다고, 자연사나
음악을 배우듯이, 처음엔
소박한 연습으로 시작해
어려운 것들을, 계속 연습해, 강함과
정확함이 대담함으로 하나가 되어
초월 속으로 용감하게 도약할 때까지

시의 뒷부분에서
리치는 이렇게 기원해.

'두 여자, 눈에 눈을 맞대고
서로의 영혼을 측정하는
서로의 무한한 욕망
여기서 시작하는 전혀
새로운 시'
눈과 눈이 마주치는.

마거릿 풀러가 에머슨과
가지려고 했던
관계랑 비슷하지.

두 여성은 아니었지만. 감정적 친밀감, 그 상호성. 레즈비언 페미니즘은 그저 남성을 여성으로 대체하는 것이 아니야. 전혀 다른 모델이지. 상호 주체성!
그럼 선생님과 이야기하려 하지 말고 그냥 강연에나 가야 할까요?

에머슨은 나름 노력했지만, 그의 깊숙한 내면은 자주적 고독을 선호했어. 정말이지 나는 에머슨이 어떤 감정이었을지 알겠어.
그렇소. 내 최고의 모습은 강연할 때요.

물론 한참 앞서 나간 이야기야. 지금은 버크셔에 있는 대학으로 향했어.
치마 챙겨야 하는 거 아니니?

개강 첫날 우리는 오리엔테이션 활동으로 장애물 해결 코스를 돌았어. 숲속에 장치된 일련의 장애물들을 작은 그룹이 같이 해결해 나가는 거였지.

여기서 3.5m 정도
높이의 벽과
맞닥뜨렸어.
잡기 동작
우리 그룹 중 남자애 두 명이
암벽 등반가였어. 그 애들은 도마뱀처럼
날쌔게 올라갔어…

…그런 다음 나머지들을 감자 자루 올리듯 힘겹게 끌어 올렸지.

이 학교에서는 그냥 나일 수 있겠다는 느낌이 들었어. 안경을 벗어 던지고 화장도 하지 않고 다리털을 밀지 않았지. 곧바로 유니섹스 탐험복을 갖춰 입었어.

시에라 디자인
60/40 등산용
파카, 임시 대피소로
쓸 만큼 튼튼.

술을 마시지도,
약을 하지도,
섹스를 하지도 않았어.
좋은 성적을 유지하고,
달리기로 나름 잘
훈련된 나는 도덕의
본보기였어.

심지어 일요일에
교회도 갔다니까!

내 세대의 게이들이 그랬듯이, 나 또한 20대가 될 때까지 10대처럼 굴지 않았어. 교회를 같이 다녔던 남자애 두 명이 게이였다는 것도 나중에서야 알았어.

원시적 성소수자 연대.

암벽 등반가 한 명과 친구가 되었지만,
모두가 추측했던 것처럼 그 아이한테 반해서가 아니었지.

JANSPORT
어쭈! 삼촌!

(말 그대로 반反한다는 게 아니고선. 우리는 이런 짓을 많이 했는데 그 애는 내가 이기지 못할 거라고 장담했어.)

그런 사회적 혼란은 2학년이 되자 별문제가 아니었어.
불안을 관리할 방법을 찾았거든.

COMPLETE WORKS OF ANTON WEBERN

에머슨이 '가장 비밀스러운 그늘'을 바랐던 것처럼 어느 날은 혼자 있고 싶어서 도망갔지. 그 3.5m 벽과 우연히 마주했어.

끌어올려졌던 수모가
여전히 속에 맺혀 있었지.
갑자기 혼자 이 벽을 오를 수 있는 지에 내 인생 전부가 달린 것 같은 느낌이 들었어.

전에 올랐던 애들처럼 가장자리를 타고 오랫동안 정신없이 허우적거리다 위를 잡았어. 기진맥진했지.
팔이 떨렸고 조금 메스꺼웠어.

발을 디딜 수 있는 좁은 틈을 찾을 때까지 몸을 조금 낮췄어.
계속할 수도, 포기할 수도 없었지.

그러다가 에너지가
약간 돌아왔어…

… 그리고 에너지가 다시 사그라들기 전에,
지체 없이 두 손을 꽉 쥐고 발로 차며 올라갔어.
한 무리의 거위와 초저녁 별들이
박수 쳐 주는 것 같았지.
대단한 순간이었어!
L. L. Bean
Fall 1978
엘엘빈
가을 1978
나는 에머슨식 자립의 본보기였어.
아무도 필요 없었어.
정말이지 지금에서야 알겠어. 벽을 함께 오르며 배운 협력과
상호 의존의 교훈을 어떻게든 잊으려고 했다는 걸.

3학년에 더 큰 학교로
편입하기로 했어.

여러 군데 지원했지만
내 1순위는 예일이었어.

아빠가 원하던 거였나?

봄 방학 동안, 아빠는 나를 데리고 캠퍼스를 보러 갔어.
그날 밤 처음으로 불안 발작이 왔어. 몇 달 후 불합격 통지를 받았지.

그해 가을 아빠가 나를 오벌린 대학으로 데려다줬을 때, 내 방을 정리해 주려고 했어. 전날 밤 아빠는
내가 숨겨 놓은 마리화나를 발견하고는 같이 취해보고 싶다는 티를 살짝 냈지.
그냥 책상만
다른 방향으로
옮길게!
안 돼요!
내가 거절하지 않았다면
좋았을 텐데.
여성용
깅엄 셔츠
4318J

아빠는 그날 작별 인사도 없이 떠났어.
열 달 후 다시 말없이 떠났지. 그땐 정말 마지막으로.

학기가 끝나기 전에, 마침내 내가 여자를 좋아한다는 걸 깨달
았어. 그리고 부모님께 커밍아웃하면서
아빠의 비밀을 알게 되지.
이 책에서
섹스 신을
찾으려고 하지 마.
THE
WELL
OF
LONELI-
NESS

그 일까지는 아직 몇 달이 더 남았어. 내면에 강렬한 변화를 겪고 나서 크리스마스를 지내러 집에 갔지.
겉으로는 티가 나지 않았을 거야.
셔닐사 가운
아, 고맙습니다.
12월이 거의 끝날 무렵인 어느 날, 아빠, 존, 나는
냇가 근처 숲에서 덤불을 헤치며 걸었어.
비가 많이 와서 길 위로 이리저리 흘러드는
작은 물웅덩이를 건너는 법을 고안해야 했지.
the hard ones, practicing till strength
and accuracy became one with the daring
to leap into transcendence,★
★ 어려운 것들을,
계속 연습해
강함과 정확함이
대담함으로
하나가 되어
초월 속으로
용감하게
도약할 때까지

에이드리언 리치 덕분에 나의 변화는
그녀의 변화보다 쉬웠어.
아마 아빠의 변화보다 쉬웠을 거야.
아빠도 직면할 수만 있었더라면.
하지만 그런 아빠 역시 나 자신을 믿으라고
가르쳤지. 도약할 수 있을 정도로 충분히.
얼마 지나지 않아 아빠는 트럭으로 뛰어들지만.
나는 굉장히 다른 삶을 살아가게 돼.

1980 년대

20s

20대

아빠 장례를 치른 지 한 달 지나고, 스무 살 생일을 맞기 한 달 전이던 시점에
새 여자 친구 조앤과 '미시간 여성 음악 축제•'로 떠났어.
정말 여자만?
어. 가부장제를
떠나는 거야.
말보로
하워드 존슨, 여행 숙소
예수 구원
JESUS SAVES
HOWARD JOHNS
MOTOR LOD
ANN ARB
Marlboro
조앤 가족의 공유차,
크라이슬러
'음악 축제'라는 이름은
그 본질을 살짝 가렸지.

물론 음악이 있었어. 하지만 그 주말은 마치 유토피아에 있는 듯 착각을 불러일으키는 실험이었어.
그야말로 가부장제를 해체하는 여성들의 반란이었지.
WELCOME WOMYN!
어쩌면 나 개인의 가부장제가 해체됐다는 사실 때문에
이 제안을 선뜻 받아들였는지도 몰라.

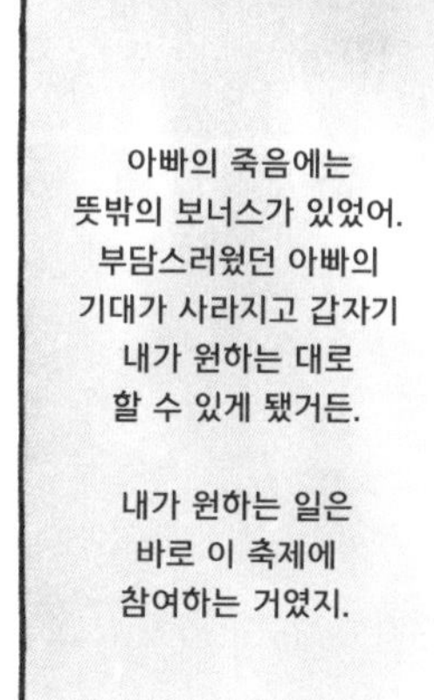
아빠의 죽음에는
뜻밖의 보너스가 있었어.
부담스러웠던 아빠의
기대가 사라지고 갑자기
내가 원하는 대로
할 수 있게 됐거든.
내가 원하는 일은
바로 이 축제에
참여하는 거였지.

전혀 다른 세상이 펼쳐졌어! 자기와 타자라는 경계가 바로 무너졌지.
서열이 사라지고 공동체가 생겼어!
그쪽 가는 길인데
들어 줄까?
마침내 카운터 컬처로 향하는 길을 찾은 거야! 「전 지구 카탈로그」가 현실로 튀어나왔어!
특이한 차이점 하나만 뺀다면…

● Michigan Womyn's Music Festival. 1976년부터 2015년까지 해마다 열렸던 페미니스트 여성 음악 축제.

… 너무 놀라 입을 못 다물었지.
남자는 한 명도 안보였거든.
뚫어지게 쳐다보고, 휘파람 불고, 희롱하고, 만지고.
그 대상으로서 치르는 대가를…
…상상할 수 없겠지. 어디서나 일어나는 그런 끔찍한
위협들이 갑자기 사라지는 경험을 하기 전까지는.
RETURN
RECYCLING
그 놀라운 공허함 속에서 나는
아찔한 관점의 변화를 겪었어!
THE WOMB
HEALTH CARE
객체가 아닌, 주체가 된다는
의미를 이해할 수 있었거든.
MESSAGES
BOILED POTATOES & BULGUR!
CRONE
WITCHES HEAL
FAT POWER
OASIS
BOYS' CAMP
CRAFT TENT
DAY STAGE
가부장제에 의해 거부된 몸이 이곳에서는 분리된 무엇이거나
'타자'-자연도 포함해서-가 아니었어. 중심으로 돌아왔지.
WORM COM-POST-ING 101
여기 모인 사람들은 살충제, 핵무기, 근본주의, 헤게모니,
서양 의학, 다이어트, 전쟁, 그 모든 것이 지겨웠어.

학교에 돌아와서는
여성 공동 주택으로
이사하고, '성 소수자
동아리'에 가입했어.
커밍아웃은 나를
'고독의 우물●'에
빠뜨리긴 커녕
사람들 곁으로 이끌었지.

처음으로 많은
친구들을 사귀었으니.

흡사 어린 시절을 다시 경험하는 듯했어.
약과 여성주의 이론을 곁들였다는 점만 빼곤.
낭만적 사랑이 정신세계를 움직이는 원동력이야!
단위 생식●을 알아내야 해.
맥주 효모

마침내 세상에 속한다는 느낌에 익숙해질 무렵
대학에서 무참하게 퇴출당했지.

남성 정장을 입고 졸업식에 참여한다는 건
그 당시 대담한 행동이었어. 학교는 졸업 사진으로
내 뒤에 줄 섰던 여성을 찍어 보냈더라고.

사회로 나갈 준비가 전혀 안 되었어. 높은 벽으로 둘러싸인
복잡한 도시 생활을 파악하는 일은 희망 없어 보였고.
많은 사람에
둘러싸여 있으면…
…큰 그림으로 자기 자리를
바라볼 수 있는 여유가
생길 거라고 여겼는지 몰라.
하지만 그런 생각과는 달리,
나는 평소보다 더 민감하게
남의 시선을 의식했어.

대학원 입학에 실패하고 가진 재주로 살아 보겠다며
세 번째 여자 친구 안드레아와 뉴욕으로 이사했어.
일어날 시간이다,
잠꾸러기들아!
안드레아 어머니의 아파트로.

● The Well of Loneliness. 1928년에 발표된 레드클리프 홀(Radclyffe Hall)의 장편 소설로 어린 시절 자신이 레즈비언임을 깨달은 영국 상류층 여성의 이야기를 다룸. 20년간 출판이 금지됐었음.

● 암컷이 수컷과 수정하지 않고 새로운 개체를 만드는 방법.

그런데 어느 날, 늘 제자리에 있던 나의 불안이 사라진 걸 깨달았어.
더 이상 나를 관찰하고 판단하는 내가 느껴지지 않았지. 그냥 존재할 뿐.
그건 축복이었어.
참되고 실제적이며, 충만한 축복.
자아, 이런 겉모습에 갇혀, 이런 생각을 하는, 운전면허증에 표시된 나는 진짜가 아님을 알 수 있었지…
모리스 춤●을 추는 사람들
…신기루 같은 내 자아는 이 *모든 것*에서 나를 분리할 뿐이라는 것을.
자아란 건 없어! 타자도 없어.
나, 안드레아, 호주에서 온 관광객
모든 건 하나였어! 내가 쓰는 닥터브로너스● 병이 매일같이 '올 원(All-One)!'이라고 외치듯.

● Morris dance. 영국 민속 무용의 하나, 남성들끼리만 추는 2박자 또는 4박자 무도. 로빈 후드 등 영국의 전설 속 인물로 분장하는 것이 특징.

● 캘리포니아에 있는 비누 회사(Dr. Bronner's Magic Soap). 1960년대 카운터 컬처의 가치를 계승해 지구와 인류는 하나라는 모토 아래 유기농, 공정 무역으로 친환경 제품을 만듦.

사실 그날 아침 실로시빈 버섯을 약간 먹긴 했는데…
…다음 날 아침, 그 황홀한 일치감은 사라졌지.
센트럴 파크 셰익스피어 연극 축제 (*'헨리 4세 (1부)'*)를 보려고 선 줄
하지만 진짜 본질을 살짝 엿보았다는 걸 알았어.
나중에 그 경험을 글로 묘사할 수 없는 스스로에게 놀랐지.
그림을 덧붙이는 지금도 그 고요한 황홀함을 완벽히 전달하지 못해.

1831년 가을, 나와 나이가 같았던 마거릿 풀러는
약물의 도움 없이 이와 닮은 신비한 경험을 했어.
마거릿과 어린 동생들 여섯.
마거릿 엄마가 아빠보다
머리 하나는 더 큼.

마거릿의 아버지는
갑자기 정계에서 은퇴한 뒤
농장 경영자가 되겠다며
도시에서 멀리 떨어진
시골로 온 가족을
끌고 이주했어.

마거릿은 케임브리지와
보스턴의 활기찬 일상을
떠나 어린아이들을
가르치며 살아야 했지.

그녀의 칼날 같은 지성이 여기서 그냥 끝날 운명이었을까?
남자였다면 하버드에서 법학이나 신학을 공부했을 거야. 마거릿이 어울리던 남성들처럼.

마거릿은 괴테를 읽으려고
독일어를 단 석 달 만에 독학했어.

그리고 괴테가 쓴 연극을 번역하기 시작했지.
언젠가 출판되기를 바라면서.

하지만 이제 곧 농장으로 사라져야 했어.
독재자 같은 아버지가 추수 감사절 예배에 참석하라고
명령한 건 더 이상 참지 못할 일이었고.

마거릿은 교회에서 종종 소외감을 느꼈지만,
그날 거기 앉아 자신의 운명에 대해 곰곰이 생각할 때
'낯선 비통함'을 느꼈다고 훗날 돌이켰어.

설교가 끝나자 그녀는 케임브리지 들판을 가로지르며
'탁 트인 공기' 속으로 거의 뛰쳐나갔어.
한참을 이리저리 걷다가 시커먼 웅덩이 근처 작은 숲에서
멈췄는데, 구름 사이로 햇빛 한 줄기가 쏟아졌어.
어렸을 때 계단에 서서 '대체 마거릿 풀러라는 사람은 누구지?'
라고 자신에게 물었던 기억이 났어. 문득 뭔가 깨달았지.
자아는 없어!
이기심이란 정말 어리석어…
자아가 진짜라고 생각하기 때문에
내가 고통스러운 거야.
모든 것에 대해 생각하고,
모두가 나라는 생각으로 살아야 해!
이 통찰은 평생 이어졌어.
그녀는 다음 몇 해 동안 가족을 위해
외딴곳에서 학교를 운영하며 살았지.
마거릿이 결국 자신의 모든 야망을 이룰 수 있었던 건
바로 이 일시적인 자기 초월 때문이었어.

나는 그 시절 야망 때문에 괴로울 일은 없었어.
버섯으로 충만감을 다시 느끼고 싶다는 욕망을 제외하곤.
람 다스• 는 명상을 통해서 비슷한 곳에 갈 수 있다고 말해.
지금 여기 있으라
BE HERE NOW
비틀즈도 그렇게 했고.

안드레아는 *초월 명상*이라는 걸 했어.
입문자 강의에 나를 데리고 갔지.
우리 대부분은 우리가 지닌 정신의 극히 일부만 사용합니다. 하지만 초월 명상은 우리가 무한한 자각을 할 수 있게 해 주죠.

초월 명상™®을 시작할 필요가 있다는 말은 이십만 원을 내고 자기만의 만트라를 받아야 한다는 뜻이었어.

어쩌면 이백만 원이었는지도 몰라.

안드레아는 한 가지 방법을 생각해 냈어. 규칙에는 완전히 어긋나지만* 안드레아의 만트라 시작 부분을 나와 공유하는 거야. 우리는 마리화나를 이 주간 끊은 뒤 시도해 봤어.
등불은 바람이 불지 않는 곳에 있습니다. 불빛은 깜박이지 않습니다…
제물
BHAGAVAD GITA
…자기 생각을 조절하고 자아 통합을 단련하는 사람들도 이런 명상을 한대.

✽ 안드레아는 나하고만 이렇게 해 봤대.

아침저녁으로 이십 분씩 앉아 머릿속으로 만트라를 읊기 시작했어.

대학교에서 안드레아는 임신한 고양이를 구조했어.

몇 달 동안 계속했지만 공원에서 느꼈던 느낌은 경험하지 못했지.

고양이가 낳은 새끼들 중 한 마리는 우리가 키웠어.

몰래 훔친 만트라로 뭘 바란 거지? 명상 카르마를 영원히 망쳐 버린 게 분명해.
MMWAAHHRR

이제 그 새끼 고양이가 커서 자기 엄마를 덮치려고 해.

● Ram Dass(1931–2019). 영적 지도자, 심리학자, 작가. 환각제의 치료 효과에 관한 연구를 한 바 있고 하버드 신학 대학원생들의 마쉬 채플 실험을 도왔던 계기로 하버드에서 해임됨. 불법적인 실험은 아니었으나 논쟁의 여지가 있었음.

하지만 뜻밖의 방법으로 버섯이 준 느낌을 다시 경험하게 되었어.
여성주의 무술 수업에 대해 많이 듣던 터에 '시도해 보면 어떨까?' 생각했지. 사람들도 만나고…
…몸도 만들고. 가까운 곳에 있는 도장을 하나 골랐어. 어쩌면 이름 때문이었는지도 몰라.
Susan Ribner, Instructor
WOMEN'S CENTER KARATE CLUB
243 W. 20th St
NYC 10007
Beginner's class
Thurs. Oct. 15, 7pm
245
243
241
70년대 초반에 이 오래된 소방서 건물은 여성 해방 운동 센터였어. 십 년이 지난 이때는 알코올 중독 자조 모임 장소나 가라테 도장으로 쓰였지.

뭘 배우러 갔는지 전혀 몰랐다고 해도 될 거야.
입문자 수업을 기다리면서야 알아챘지.
STOMP
STOMP STOMP
쿵쿵쿵
HI-YAH!
하이―야!
소 도축장에서 나는 소리 같더군.
뛰쳐나가고 싶은 걸 참았어.

거기 온 사람은 나 하나였어.
편한 옷 가져왔어요? 여기서 갈아입어도 돼요.
카펫은 걷어 둠.
정말 여기서 옷을 갈아입었어.
첫날 그러리라곤 상상도 못했지.

★ 수잔 리브너, 강사 여성 센터 / 가라테 도장 / 입문자반 / 10월 15일 목요일, 저녁 7시

주먹을 제대로 쥐는 법을 배웠어.
다음 날 발차기를 배웠고.
…발볼 바닥으로
세게 찹니다.

그다음 날, 통증에 시달리면서도 시내에서 좀 떨어진
매장까지 가서 도복을 샀어.
Honda MARTIAL ARTS SUPPLY
'사이즈 4' 도복 주세요.
하얀 벨트하고요.
BRUCE LEE
Dragon
No Returns
No Checks
브루스 리, 용
혼다 무술용품 취급점
교환 안 됨
수표 안 받음

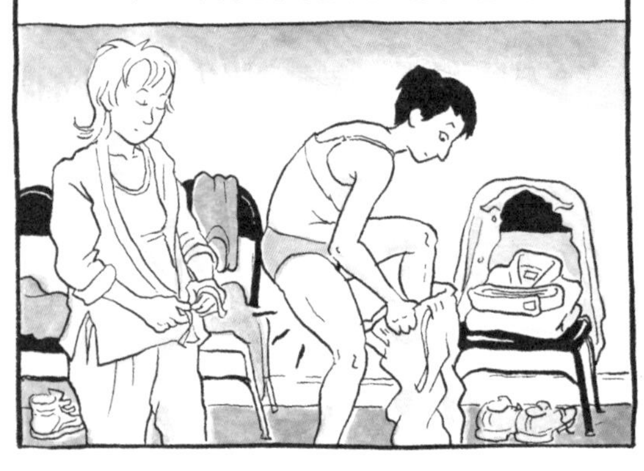
알고 보니 내가 기초 체력이 좀 있더라고.
가라테에서는 낮고 단단한 자세가 핵심이었는데
지금껏 해 온 스키와 달리기 덕분에 내 허벅지는 소비에트
스피드 스케이팅 선수의 넙다리 네 갈래근 같았지.

세 번째 수업까지 이 도장의 창립자인 수잔 사범님을
만나지 못했어. 사범님은 검은 띠 2단이었으니까.

한 주에 네 번 수업이 있었고 모든 수업을 다 들었어.
나는 곧 카타-상상의 적에 맞서 공격과 방어를 하는 일련의 동작-를 배우게 됐지.
9! 10! 1!
하이얏!
도장은 소방대원들이 자던,
길고 좁은 방이었어.

장거리 달리기를 할 때도 이렇게 온 힘을 다해 노력한 적이 없었어. 이만큼 힘들게 스스로를 밀어붙이는 건 불가능하다는 걸 알게 됐지.
다시!
다른 사람이 대신 밀어붙여야 했으니까.

수잔은 여성 운동이 한창일 때 남자들만 다니는 가라테 학교에 들어갔어. 경멸, 무시, 적의 속에서 동등한 대우를 요구하며 싸워야 했지.
엉덩이 **내리고!**

수잔은 여자들도 남자들처럼 주먹 쥐고 팔 굽혀 펴기를 할 수 있다고 주장하다가 사부님에게 결국 쫓겨났어(사부는 그러면 손에 굳은살이 박일 거고 아무도 그런 여자랑 결혼하지 않을 거라고 했대).
주먹 쥐고 마지막 다섯 개 더.

이제껏 여자는
팔 굽혀 펴기를 못한다는
소리만 듣고 살았지.
사실 나도 처음엔 못했어.

하지만
다섯 개, 열 개, 스무 개
술술 하기까지
오래 안 걸렸어.

여성 전용 도장에서 연마할 수 있어 운이 좋다고 생각했지.
다음 주 겨울 훈련 할 사람?
저요!
약간의 알랑방귀.
하지만 수잔은 시내에 있는 일본 전통 가라테 협회 도장의 혼성반에도 가 보라고 권했어.
좋아! 높은 띠들, 저 말 들었어?
'겨울 훈련'은 그 도장의 연례행사였어.

새벽 여섯 시와 저녁 여섯 시, 하루 두 번 있는 수업은 인정사정없었어.
새벽 네 시에 일어나 브루클린에서 지하철을 타고 어퍼웨스트사이드로 갔어. 낮에는 일하러 가고.
영하 7도.
우리는 면으로 된 도복만 입고 허드슨강을 따라 가볍게 뛰며 훈련을 시작했어.

모리 사부님은 막대기를 가지고 다녔는데, 그 막대기로 맞는 건 영광으로 여겨졌지.
더 낮춰!
백 번 더!

할 수 있다고 생각했던 것보다 더 많이 했을 때의 도취감이란. 그리고 그것보다 좀 더 하는 것.
백 번 더!

겨울 훈련은 선불교 사원에서 일정 기간 집중적으로 명상하는 '접심●' 같았어. 훈련이 있던 그 주, 삶의 다른 측면들이 사라져 버렸지…

…내 안의 저항도 사라졌어. 나도 모르게 갑자기 뭔가 제대로 할 때는 보통 피곤에 지쳐 생각조차 못할 때더라고.
그렇지!

● 接心. 선불교에서 정해진 기간 마음을 모아 흔들림 없이 고요히 앉아 참선하는 일.

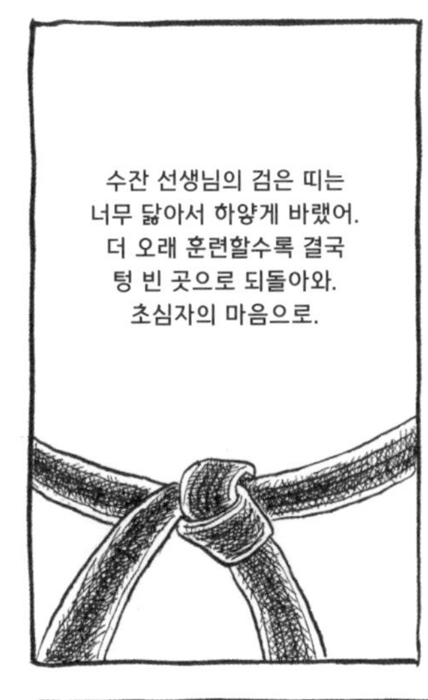
수잔 선생님의 검은 띠는
너무 닳아서 하얗게 바랬어.
더 오래 훈련할수록 결국
텅 빈 곳으로 되돌아와.
초심자의 마음으로.

아홉 살에 보다 만 그 책을 다시 보는 것 같았지.
JIU-JITSU
주짓수

무한한 에너지가 흘러들었어. 상체 힘을 발견하고 나니
장애물은 도약판이 되었고.
187

도시는 놀이터였지.

페미니스트 신문 연대는 당시 내 현실 속 '데일리 뷰글●'이었어.
뭐야. 에이즈가 '하느님이 게이를 벌주는 거'라면 레즈비언은 신의 선택을 받은 사람들이 틀림없네.
누가 경찰 과잉 진압 기사 가지고 있어?
WOMEN AND AIDS
RISK OF LESBIAN TRANSMISSION LOW
GAY PANEL ON POLICE BRUTALITY
정기적으로 카툰을 기고하기 시작했지.
어릴 적 꿈이 또 하나 실현된 거야.

● Daily Bugle. 마블 코믹 시리즈에 등장하는 신문사. 스파이더맨이 자신의 정체를 숨기고 프리랜서 사진 기자로 일함.

★ 여성과 에이즈. 레즈비언 간 전염성 낮음

아빠가 자살한 지 얼마 안 된 시기에 내가 얼마나 잘 살아가는지 놀라곤 했어. 행복하고, 목표를 중시하고,
생산적이었어. 아픔이라곤 몸의 통증뿐이었지. 가라테 수업을 받고 와서 몸이 늘 여기저기 쑤셨어.
멍에서 느껴지는 은근한 통증.
물집의 따끔따끔한 통증.
허벅지 안쪽
깊숙한 모음근.
내 몸 구석구석에 퍼진,
전에는 전혀 몰랐던 정교한 부드러움.
손샅.
늑간 가장 안쪽.

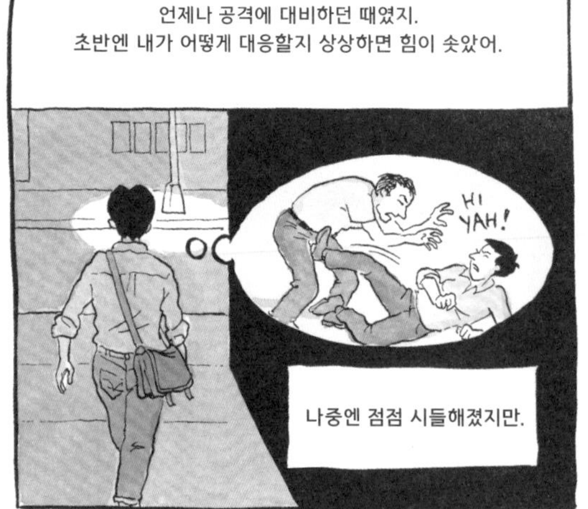
언제나 공격에 대비하던 때였지.
초반엔 내가 어떻게 대응할지 상상하면 힘이 솟았어.
HI YAH!
나중엔 점점 시들해졌지만.

자유 스파링은 별로 좋아하지 않았어. 진짜 적 하나보다
상상 속 무수한 적들에 맞서는 편이 나았지.

가벼운 접촉만 하기로 되었었지만,
늘 그렇진 않았거든.

명치에 충격을 줘서 횡격막에 경련이 일어나면
순간적으로 숨을 쉴 수 없었지.
그러니 거길
겨누는 거야.

몇 대 맞은 어느 밤, 집으로 가는 내내 울음을 참았어.
나는 여전히
약골이었지!

나도 모르게 약골로 안 보이는 사람들에게 끌렸어.
내가 아는 활동가 레즈비언들처럼.

전쟁세
내지 마세요.
인종주의에
반대하는
레즈비언.
DON'T
PAY
WAR
TAX
DYKES
AGAINST
RACISM
EVERYWHERE

그들은 가부장제에 맞서 꾸준히 비폭력 저항 행동을 모의했어.
엘로이즈는 완전 끝까지 갔지. 내가 처음으로 오래 사귄 사람이었어.

남자들에게서 총을 뺏어라!
엘로이즈는 소로처럼 전쟁세를 반대했어.
DON'T
PAY
WAR
TAX
LEGAL

부정의한 권위에
도전하는 일은 꼭 필요한
도덕적 책임이었지.

이해할 수 있었어.

하지만
시민 불복종 운동을 하기에
나는 너무 겁쟁이였어.

19세기에 노예제 폐지, 감옥 개혁, 여성 평등을 주장한
마거릿 풀러는 어떻게 이해해야 할까.

하지만 풀러 양, 『친화력』을 쾌락주의 때문에
반대하는 자들에게 뭐라고 하겠소?

풀러와 어울리던 젊은 남자들처럼 나도 쩔쩔맸을까. 한 청년이 건방지게
그녀와 재치를 겨루려고 했어. 하버드에 다니는 먼 친척이었지.
도덕적인 작품이라고 하겠어요! 종교적이며 경건하기까지 한 작품이에요!
풉! 결혼 서약이 타당한지 토론만 했다 하면 사회가 근간까지 흔들리지 뭐예요!

그가 그녀를 투명인간 처럼 대하자 마거릿은 엄청나게 충격을 받았어. 끌림은 하나의 패턴이 됐지. 마거릿은 여성에게도 끌렸지만 구레나룻이 무성한 목사의 배우자가 되는 것보다도 더 실행하기 어려운 선택이었지.

마거릿은 혼자였어. 농장에 유배된 지 몇 년 뒤
아버지가 돌아가셨고. 가장 열렬한 옹호자이자
엄청난 장애물이 사라진 거야.
게다가 아버지는 가족을 파산시켰지.

마거릿이 이제 가장이었어.
동생들을 가르치면서 에세이 몇 편을 출간했지만,
글쓰기로 돈을 벌지는 못했어. 아직은 아니었지.
더 웨스턴 메신저● 종교와 문학 No.1
THE WESTERN MESSENGER; RELIGION and LITERATURE № I

지금은 그저 선생님으로 일해야만 했어.
유럽을 여행하고 도시로 이사하는 희망은
잠시 접어 두고 교실로 들어갔지.
초기 아이패드

새벽 네 시 반에 일어나 자기 프로젝트에 시간을 투자했어.
괴테의 자서전에 착수하려는 야망을 품었거든.

● 서양 사회 내 종교 철학과 문학의 관심을 높이려고 유니테리언 목사들이 만든 저널.

마거릿이 일과 가족에 집중한 것에 비하면 20세기 내 삶은
말도 안 되게 자기중심적으로 보여.
너 빠질 줄 알았는데.
밤 늦게까지
놀았나 봐?
너도!
(토요일 아침반)
커비홀[●]
하지만 나 또한 명확한 목표 의식을 느끼기 시작했지…

…카툰과 가라테 연습이
더 큰 프로젝트의
일부라는 확신.

새롭고도 낯선 단어가
내 사전에 들어왔어.
'커뮤니티'

어쩌면 가라테의 진짜 매력은 바로 그거였는지 몰라.
동시에 움직이고 숨 쉬면서 함께 무아지경에 빠져
하나가 되는 경험.
하이얏!

당시, 곳곳에 생겨난 에어로빅 수업도 마찬가지였을 거야. 지금
으로 말하자면 소울사이클, 발레핏, 크로스핏처럼.
'AGOSTINO

살짝 다른 종교 또한 80년대에 떠오르고 있었어.
유행을 좇지 않는 엄마조차 열성 신자가 됐지.
끊어야겠다. '제인 폰다
에어로빅' 해야 해.
네, 저도 어차피 끊어야 해요.
솔로플렉스 운동법 나와요.
『제인 폰다 운동 책』은 몇 달 동안
논픽션 베스트셀러 1위였어.

운동 비디오와
가정 운동 기구의 붐은
사적 공적 경계가
뒤섞인 엄청나게 다양한
종류의 경험을 제공했어.
나중엔 운동용 자전거에
달린 화면으로 생방송 수업을
내보내는 펠로톤[●]으로
최절정을 이루지.

● Cubby-hole. 뉴욕 맨해튼 웨스트 빌리지에 현존하는 LGBTQ+ 친화적인 바.

● Peloton. 화면이 달린 실내 전용 자전거로 온라인 트레이닝을 확산시킨 피트니스 회사. 회원은 운동 강사가 진행하는 수업을 생방송으로 시청하며 함께 운동하거나 개인 트레이닝을 받을 수도 있음.

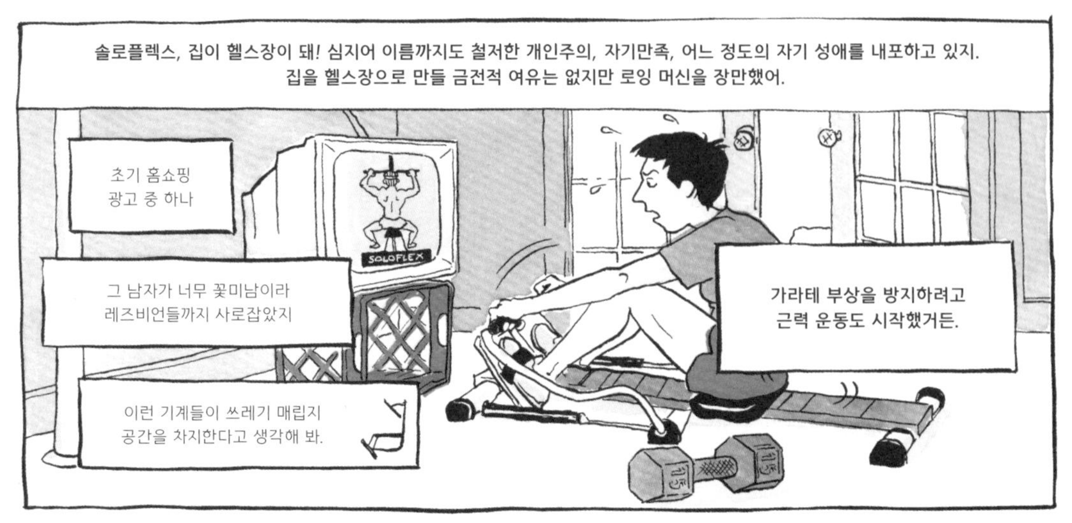
솔로플렉스, 집이 헬스장이 돼! 심지어 이름까지도 철저한 개인주의, 자기만족, 어느 정도의 자기 성애를 내포하고 있지.
집을 헬스장으로 만들 금전적 여유는 없지만 로잉 머신을 장만했어.
초기 홈쇼핑 광고 중 하나
SOLOFLEX
그 남자가 너무 꽃미남이라 레즈비언들까지 사로잡았지
이런 기계들이 쓰레기 매립지 공간을 차지한다고 생각해 봐.
가라테 부상을 방지하려고 근력 운동도 시작했거든.

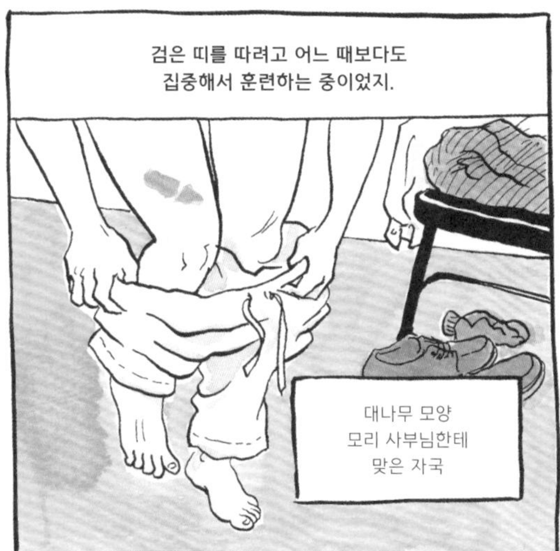
검은 띠를 따려고 어느 때보다도 집중해서 훈련하는 중이었지.
대나무 모양 모리 사부님한테 맞은 자국

도장에 일찍 가서 수업 시작 전에 운동을 좀 더 했어.
랄프 마치오! 사인 받아도 될까?
(「가라테 키드」• 가 막 개봉했어.)

운동할 때 주기적으로 심장이 빠르게 뛰었어. 하지만 잠깐 멈추면 심장 박동은 진정되고 문제없이 다시 시작할 수 있었지.

보통, 달리기, 노 젓기, 근력 운동, 가라테를 번갈아 했는데 엄청나게 원기 왕성했어!

스파르타식으로 운동을 하면서 술을 마셔도 별문제가 없었지.
수업 마치면 버드와이저 큰 캔으로 목을 축였어.
ONE WAY
CIGARS
DRINK Coca-Cola
WALK
PARK
LUNCH
그 시절에는 물병을 쪽쪽 빨고 다니는 사람들이 없었지만.
CATS

● 국내에는 「베스트 키드」 라는 제목으로 소개되었음. 랄프 마치오가 가라테를 배우는 십 대 역할을 맡았음. 괴롭힘당하던 주인공이 가라테를 배운 뒤 자신을 괴롭히던 아이들에게 복수하는 내용.

검은 띠 시험을 통과했어. 이게 다였나?
마침내 초인적 힘의 비밀을 찾은 거야?
Honda MARTIAL ARTS SUPPLY
5달러.
SHAOLIN & WU TANG

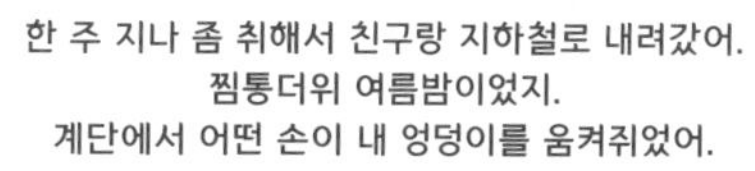
한 주 지나 좀 취해서 친구랑 지하철로 내려갔어.
찜통더위 여름밤이었지.
계단에서 어떤 손이 내 엉덩이를 움켜쥐었어.

어이! 뭐야, 빌어먹을! 그렇게 사람을 건드리면 안 되지!
누구한테 얘기하는 거야?

그의 눈은 멍했고 초점이 없었어.
나보다 더 취한 듯했지.
너한테 얘기하잖아, 이 멍청한 새끼야!
나도 꽤나 취했었고.

왜 내게 돈을 흔들어 댔을까?
이 **미친년**이!
틀린 말은 아니었지.

정면으로 마주 서서 교과서 같은 펀치를 날렸거든.
가라테 수업 중인 것처럼.
그러곤 도장에서 그랬듯
명치에 충격을 주기 바로 직전에 멈췄지.

오히려 다행이었을지도. 안 그랬으면
주먹이 더 세게 날아왔을지도 모르지.
명상 중에 연민을 담아 철썩 때리는
그런 정도가 아니었어. 그럼에도 불구하고…
SOCK!
…그의 주먹 마디마디가
내 눈 언저리 광대뼈에 닿으면서…
…어떤 깨달음을 경험했어.
곧 분명해졌지. 싸우는 방법을
배우기 위해서는 싸워야 한다는 사실…
…이 젊은 남자가 분명 평생 해 왔던 것처럼.
그리고 난 싸우고 싶지 않았지.
그날 밤 지하철에서 울었어. 충격, 수치, 아픔, 환멸.
하지만 한편 일종의 안도감도 들었지. 갑옷이
흐트러지고, 나는 무방비 상태로 열려 있었으니까.
자유로웠어.

일 년 더 훈련했지만 나에게는 그게 끝의 시작이었어.
시시한 사무실 일을 그만두고 카툰에 더 집중하기 시작했지.

게이 신문사에서 풀칠 아르바이트를 구했고.

에이즈는 문화를 다양하고 심층적인 방식으로 변화시켰지.
표면적으로는 남성 몸에 적용된 새로운 미적 기준처럼.

NEW YORK
NATIVE
HEALTH AND FITNESS ISSUE
AIDS NEWS
GMHC RAFFLE!

이론적으로 털이 없으면
겉으로 드러나는
질병의 신호를
감출 수 없으니까
건강함을 의미했지.
거기다 근육을
돋보이게 하는
장점까지 더해지니.
한창일 때 허비하는
흔한 남성들에 맞서는
힘의 이미지였어.

결국 HIV 양성인 남성들에게 처방한 스테로이드는
쉽게 근육을 얻으려는 남자들이 차지하게 됐지.

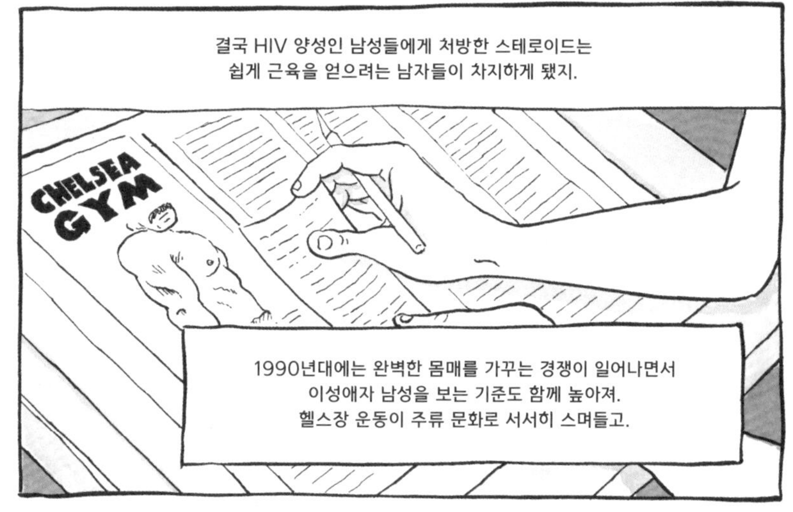
CHELSEA
GYM
1990년대에는 완벽한 몸매를 가꾸는 경쟁이 일어나면서
이성애자 남성을 보는 기준도 함께 높아져.
헬스장 운동이 주류 문화로 서서히 스며들고.

1985년, 알고 지내던 남성 누군가가 아프게 되면 어쩌나
겁이 났어. 어떻게 감당하지? 다들 어떻게 받아들여?

상황이 심각해지고, 시민운동이 격동기를 맞기 전에
도시에서 떨어진 곳으로 이사했어.

POST OFFICE LAKE ST STATION MINNEAPO
게이 뉴스
항의 시위
GAY NEWS
PROTEST

멀리서 멋진 시민 불복종 시위에 대해 읽곤 했지.

엘로이즈를 따라
매사추세츠 서부에서
일 년을 보내고
함께 미네소타로 이사했어.
우리 집 뒤쪽에는
약물 중독 회복 프로그램을
반 정도 마친
여성이 살았어.

이때 처음으로
트윈 시티즈● 의 분위기를
알게 됐지.

…회복을 향한 움직임. 알코올 중독자와 온갖 약물 남용자들이
헤이즐든 클리닉● 에서 재활 치료를 받으려고 여기에 모여들어.

수건 하나 더 줘.
U.S. OUT OF NORTH AMERICA
뒷집 담배 연기를
막으려는 중

새로 사귄 친구들은 모두 '깨어' 있었어. 파티에는 분위기를 돋울 맥주나 와인도 없었지.
대신 라크로이 천연 탄산수만 줄곧 마셔 댔는데, 술이랑 정반대의 효과를 나타냈어.

부모님을 용서하는 건 내 내면의
어린아이를 용서하는 것 다음으로
식은 죽 먹기였어.

나도 동감이야.

…영혼을 홀딱 벗기는, 가혹하고 활기찬 선명함.

회복해야 하는 대상이
없다는 사실에 기뻤어.
나는 엘로이즈와
행복했지.
내 첫 만화책은 이제
막 출간됐고.

하지만 머지않아
일어날 일을 알려주듯…

…이 주마다 뚝딱 만화를 만들어 내는 데
문제가 생기기 시작했어. 내가 이도 저도 아닌 곳에
매달리고 있다는 사실을 깨달은 거야. ★

물론 그런 경우 요령은 아래를 보지 않는 것이지만,
너무 늦었어. 심연을 보지 않을 수 없었지.

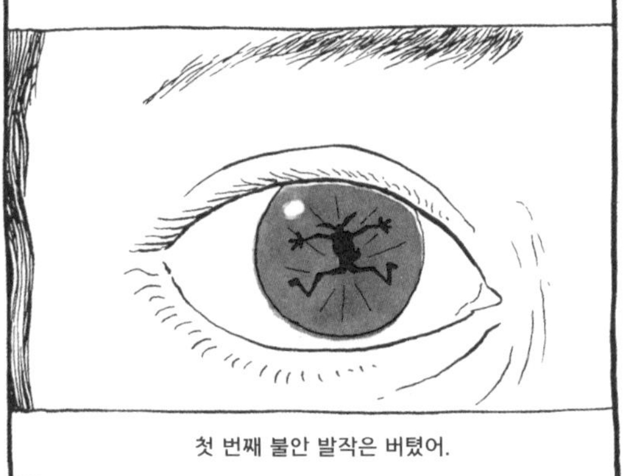

첫 번째 불안 발작은 버텼어.

● Twin Cities. 미니애폴리스와 세인트폴.

● Hazelden Clinic. 헤이즐든 베티 포드 파운데이션(Hazelden Betty Ford Foundation)에서 운영하는 알코올, 약물 치료 전문 기관. 미네소타에 본사를 둠.

★ 이 그림에 있는 동물은 루니 툰즈(Looney Tunes)에 나오는 코요테. 이름 '와일 이. 코요테(Wile E. coyote)'에서 'Wile E.'를 이어 발음하면 wily(와일리) 즉, '약삭 빠른'이라는 뜻이 됨. 언어유희로 갖은 꾀를 쓰지만 항상 실패하는 캐릭터의 성격을 나타냄.

하지만 곧 더 심한 불안 발작이 왔어.
마리화나를 하고 「사운드 오브 뮤직」을 보던 어느 날 밤
차갑고 우중충한 두려움에 사로잡혔어.
TILL... YOU... FIND... YOUR... DREAMMM!
네가…꿈을…찾을 때까지!
내 성장에 큰 영향을 미친 그 영화가 깊은 내면의
화음을 진동시켜 방어 기제 아래 지지대를
건드렸나 봐. 방어 기제 전체가 무너질 만큼.
나는 피곤해질 때까지 동네를 걸어 다녔어.
다음 날 일어났을 땐 세상이 재미없어졌어.
무엇에도 흥미를 못 느꼈지. 식욕도 사라졌어.
다음 날도 그랬고, 그다음 날도 그랬어.
어떤 때는 착 가라앉은 기분이 약간은 괜찮아진 것
같다가, 저녁이 오면 다시 안개처럼 가라앉았어.
술 마시면 상태가 더 안 좋아졌어.
그래서 술 마시고 취하는 것도
다 관뒀지. 매일 운동했어.
하지만 이번에는 텅 비고 헛된 느낌을 견딜 수 없었어.
뭔가 단단히 잘못됐지.
5
(중간중간에 체조 운동 기구가 놓인 호수 주변을 뛰었어.
60년대 후반 스위스에서 발명한 획기적 '비타 코스'.)

결국, 트윈 시티즈로 회복하러 와야 했어. 지하철에서 눈을 맞았던 때처럼 우울은 뜻밖의 선물이었지. 자기 폐쇄적이고 자립적인 내게 구멍이 생겼어.
Northland THERAPY ASSOCIATES
상담소
아빠의 죽음을 그렇게 잘 받아들인 건 내가 전혀 받아들이지 않았기 때문이었어. 감정을 느껴야 한다는 걸 누가 알았겠어! 퍽도 잘 지내는 거였지!
…화도 슬픔도 없었어요?
음…아니요.
우울은 곧 괜찮아졌지만, 더 깊숙한 내면을 풀어내는 작업은 여러 해가 걸렸어.
심리 치료를 시작한 지 일 년 반이 지나고 평소와 다를 바 없이 영하 17도까지 내려갔던 미네소타의 추운 저녁…
…친구와 함께 6주 과정 요가반 첫 수업에 갔어.
1987 WORLD Twins CHAMPS
언제나 그랬듯, 뭔지 전혀 모르면서 발을 들였지.
금세 편안해졌어. 맨발 아래 딱딱한 마룻바닥, 다른 몸들…
…오래된 땀 냄새와 파촐리 향.
오른발 뒤꿈치를 왼발 발등과 같은 줄에 두세요.
이걸 그리워했었구나!

요가는 가라테와 정반대였어. 적을 찾아 밖을 보는 대신, 안을 들여다봤어.
그것도 해부학처럼 아주 자세하게.
뒤쪽 갈비뼈는 안으로 넣고, 흉골은 들어 올리세요!
?!

가라테는 내게
딱딱한 껍데기를 입혔지.
요가는 그 껍데기를
들어 올리고 나를
날것으로 고동치게 했어!

6주 뒤
친구는 그만두고,
나는 더 자주 가기
시작했어.

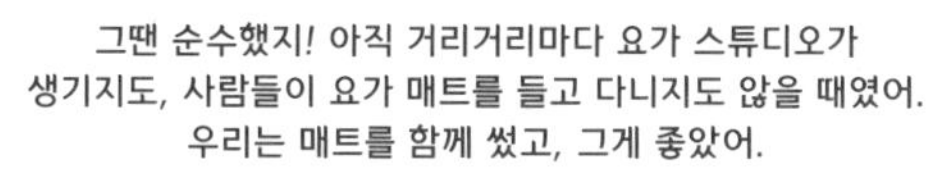

그땐 순수했지! 아직 거리거리마다 요가 스튜디오가
생기지도, 사람들이 요가 매트를 들고 다니지도 않을 때였어.
우리는 매트를 함께 썼고, 그게 좋았어.

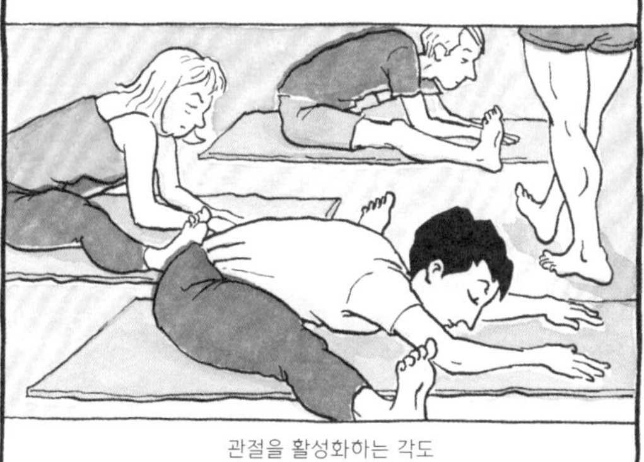

관절을 활성화하는 각도

요가 강사 윌리엄은 인도에서 아헹가 스승님과 공부했어.
아헹가는 요가의 기본을 소개하는 그의 책에서
카타 우파니샤드*를 인용해.

LIGHT ON YOGA

* 자아, 죽음, 인생의 의미를 다루는 고대 힌두교 성전

When the senses are stilled, when the mind is at rest, when the intellect wavers not–then, say the wise, is reached the highest stage. This steady control of the senses and mind has been defined as Yoga.

현자는 말한다. 감각이 고요하고, 마음이 쉬며, 지성이 흔들리지 않을 때 가장 높은 곳에 이른다고. 이 꾸준한 감각과 마음의 통제를 요가로 정의한다.
KFAI 90.3 FM
힘든 동작들은 정말로 마음을
고요하게 했어. 몸도.

수업을 마치며
사바사나(송장 자세)
를 할 때면 나는
흐물흐물해졌지.
아니야, 녹아 버렸어!

얼마나 운동이 많이 되는지! 거꾸로 서기, 비틀기,
팔 균형 잡기, 뒤로 젖히기! 하지만 자세 자체가
목표는 아니야. 요가는 피트니스가 아니거든.

타다사나(산 자세)
=수직 사바사나
시르사사나
(머리 서기)=거꾸로
하는 타다사나
티티바사나
(개똥벌레 자세)
다누라사나(활 자세)
우르드바 다누라사나
(위로 향한 활 자세)

뛰는 것도 그만두고 헬스장도 더는 가지 않았어.
그런 운동이 몸을 단단하게 만들었거든.
요가는 부드러움이야.

몸의 메커니즘이 더 세심하게 조정되면서 내가 살아 있다는 게
느껴졌고 세포 하나하나를 의식하기 시작했어.

엉치뼈가 비뚤어졌든지,
다리 길이가 다른 것 같군.

정말 골반이 뭔가 살짝 삐뚜름했지. 사춘기 폭풍 성장
바로 전, 스키 타다가 나무에 부딪혀서 그런가 봐.

이제 반대쪽 넓적다리뼈
위쪽 긴장을 풀어 봐요.
모래주머니
완전 어수룩해
보이지만 실용적인
아헹가 바지.

존재함의 기술을 배우는 중이었어.
감각들과 그저 함께 있음으로써, 그 감각들이
단순한 '고통'이 아닌 따끔거리고, 맥박 치고,
떨리는 흐름이라 느낄 수 있었어.

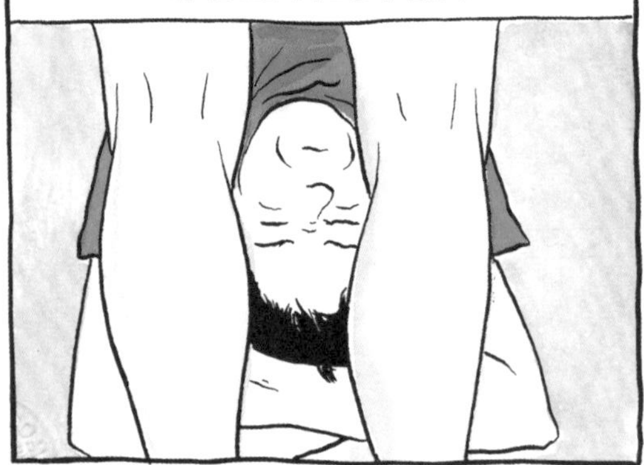

불편을 흥미 있는 대상으로 바꾸는 이런 방법은
글쓰기와 크게 다르지 않았어. 요가 수련이 깊어질수록
내 만화는 피상에만 머무르지 않고, 현실에 더 가까워졌지.

진땀.
최근 문 앞에 나타남.

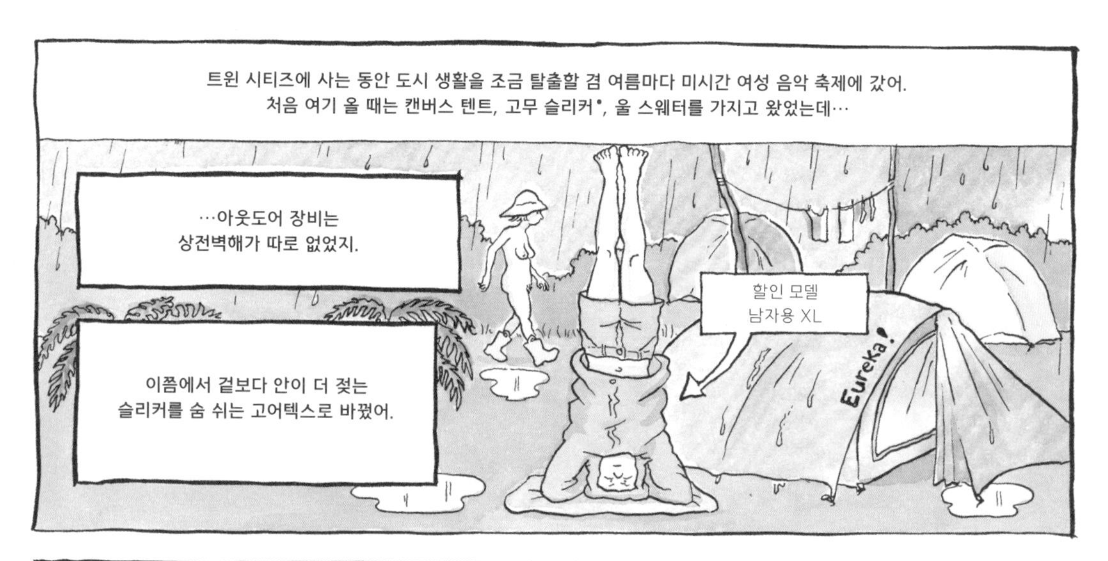
트윈 시티즈에 사는 동안 도시 생활을 조금 탈출할 겸 여름마다 미시간 여성 음악 축제에 갔어.
처음 여기 올 때는 캔버스 텐트, 고무 슬리커*, 울 스웨터를 가지고 왔었는데…
…아웃도어 장비는
상전벽해가 따로 없었지.
이쯤에서 겉보다 안이 더 젖는
슬리커를 숨 쉬는 고어텍스로 바꿨어.
할인 모델
남자용 XL
Eureka!

울은 합성 섬유에 자리를 빼앗겼고. 십여 년 전
엘엘빈에서 샀던 다 낡은 내복을 벗어 던졌어.
patagucci
CAPILENE®
MIDWEST
MOUNTAINEERING
사실 그 회사에 대한 내 젊은 날의
충성도 같이 벗어던졌지.

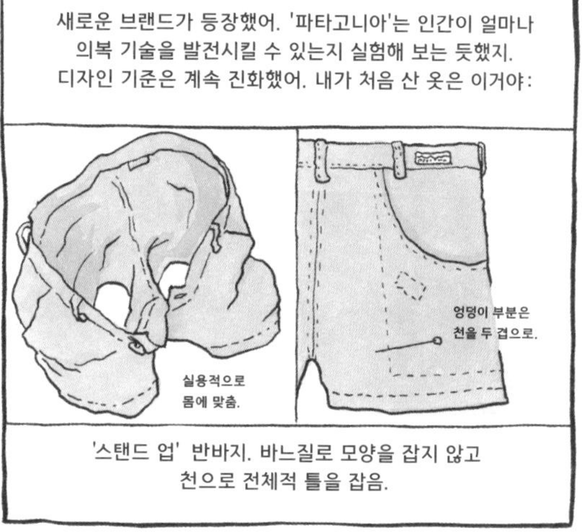
새로운 브랜드가 등장했어. '파타고니아'는 인간이 얼마나
의복 기술을 발전시킬 수 있는지 실험해 보는 듯했지.
디자인 기준은 계속 진화했어. 내가 처음 산 옷은 이거야:
실용적으로
몸에 맞춤.
엉덩이 부분은
천을 두 겹으로.
'스탠드 업' 반바지. 바느질로 모양을 잡지 않고
천으로 전체적 틀을 잡음.

좀 지나서, 플리스 풀오버에 투자했어.
그 옷의 따뜻함은 엘로이즈가 바람을 피운 겨울에
큰 위로가 됐지. 내가 회복하는 일에 정신이 좀 팔렸었나 봐.
'신칠라* 스냅 티'.
80불 정도. 월수입에
비해 적지 않은 금액.
La Croix LEMON
엘로이즈와 헤어진 뒤에 마사지 치료사였던 다이안하고
좀 만났지. 다이안은 자기가 다니는 카이로프랙틱 클리닉을
소개해 줬어. 중독 치료를 한 친구들에게서 익히 들었던
치료사였지. 이 치료사는 좀 다른 방법을 썼어.
'부모님에게서 배운 죄책감과
수치심을 내보낼 때입니다.'

● Rubber slicker. 표면에 고무를 얇게 바른 비옷.

● Synchilla. 재활용 폴리에스터로 만들며 합성(synthetic)과 친칠라(chinchilla)의 복합어로, 친칠라의 부드러운 은회색 털처럼 만든 소재라는 뜻.

머지않아 나는 긍정 확언 구절들과 야생 꽃 추출물을
내 안에 주입했어. 회복하는 이들을 대상으로
이런 대안 치료 시장이 활발했지.

그 문장을 하루에
세 번씩 말해요.
그리고 이 서어나무 진액
여섯 방울 가져가요.

새로운 치유 방법이 유행하는 건 전혀 새롭지 않아. 회의적인
마거릿 풀러조차 최면 치유사에게 치료받은 적이 있으니.

흠.

마거릿은 척추가 굽어서 허리 통증, 피로감, 편두통으로 여러 해 고생했어.
그런데 이 치료사에게 치료받은 뒤 척추가 길어졌고 자세도 좋아졌지.
친구이자 도우미
되찾은 체력으로, 일하러 갈 때 매일 6km씩
걷기 시작했어. 30대가 되어서야 그렇게 했지.

20대의 마거릿은
교사직과 자기 나름의
프로젝트를 동시에
진행하느라 피로와
싸워야 했거든.

마거릿은 괴테의
자서전 집필 계획을
괴테의 인터뷰 모음집
번역 정도로 축소했어.

에머슨과 다르게 그녀는 아내가 없었잖아.
왈도는 활력이 넘쳤고, 강연 시리즈를 준비하는 중이었지.
태어난 지 얼마 안 된
아기도 그의 일정에 그다지
큰 영향을 주지 않았어.

1837년 여름 방학, 마거릿은 왈도의 '미국의 학자' 연설을 들었고
다음 날 그와 초월주의 클럽 사람들이 어울리는 자리에 초대받았어.
이분은 풀러 양이요. 미국에서 가장 흥미로운 대담을 만들어 내는 분이시지요.

마거릿은 교사로서
자리를 잡아 갔고
학생들에게 영감을 불어넣는
일도 즐겼지만,
자신의 진짜 재능은
즉석연설임을 잘 알았어.

하지만 여성은
왈도처럼 돌아다니며
대중을 상대로
연설할 수 없었어.

건강이 나빠져 교사직을 그만뒀지만
그녀는 번역 프로젝트를 계속 묵묵히 해 나갔고
스물아홉 번째 생일날 끝마쳤어. 마거릿의 첫 책이었지.
May 23 1839

그해 여름, 자신의 연설 능력으로 돈을 벌 방법을
생각해 냈어. 강연은 불가능했지만, 성인 여성을 대상으로
'중요한 질문들'에 대해 수업을 이끌 수는 있었거든.
우리는 무엇을 하려고 태어났지? 어떻게 그 목적을 이룰 수 있을까?

목표가 분명해지자 마거릿은 다른 여성들이 자신의 목표를 찾게 도와줬어.
11월에 고대 신화*에 초점을 맞춘 첫 '대담'을 시작했지.
* 여성에게는 너무 야하고
불경스러운 주제라고 여겨졌던 때.

같은 주, 마거릿은
초월주의 잡지
「더 다이얼」의
편집자가 되었어.

그녀는 스스로
자기 길을
개척한 거야.

마거릿은 여전히 '자신의 사제, 학생, 부모,
자식, 남편, 아내'였어.

다이안이 헤어지자고 한 뒤 독신을 맹세했지.

내 세 번째 책이 막 나왔을 때였어.
두 번째 책은 내가 엘로이즈의 배신을 알았던
바로 그날 나왔고.

직업적인 성공을 이루는 대가로 개인적 실패를 감수하겠다며
나도 모르게 메피스토펠레스*와 계약을 맺었나?

요가를 하면서 어깨와 골반이 많이 열렸어.
1월 말까지 나는 숩타 쿠르마사나,
*잠자는 거북이 자세*를 충분히 할 수 있었어.

나의 내적 고요함은 진흙 속에서 겨울을 보내는
거북이의 잠만큼이나 깊었지.

동네 호수의 얼음이
때로는 너무 매끄러워서…

…얼음 아래 희미하게 헤엄치는
밝은 오렌지색 물고기를 볼 수 있었어.

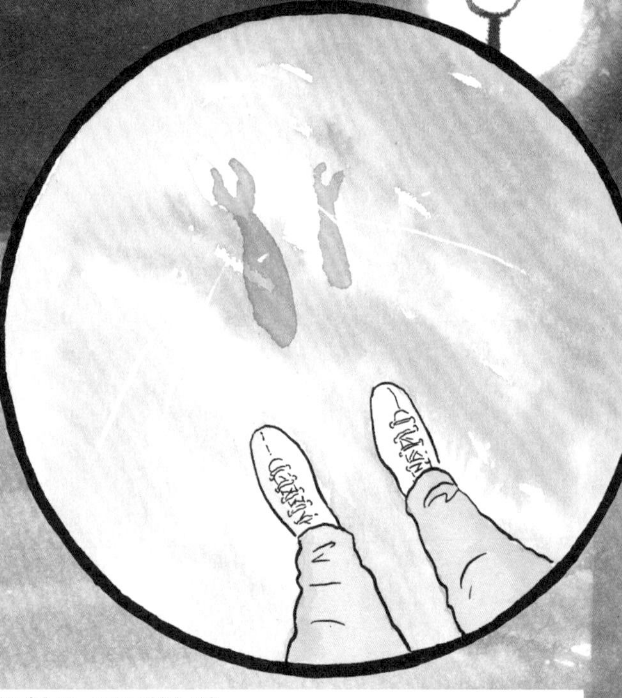

* 『파우스트』에 나오는 악마. 파우스트 박사는 이 악마와 계약을 맺어 혼을 파는 대가로 젊음을 얻음.

초월에 대한 내 열망이 한편 타인과 결부된
중압감을 피하려는 노력이라는 걸 이제 알아.

주체와 객체로 구분되는 현실을
넘어설 수 있다면…

…모든 것이 하나가 되고 완전해져
구분 따위는 무의미해질 거야.

'자기'와 '타자'라는 개념은
그저 착각에 지나지 않을지도.

그래도 나는 계속해서 양쪽을
붙들고 애쓰겠지.

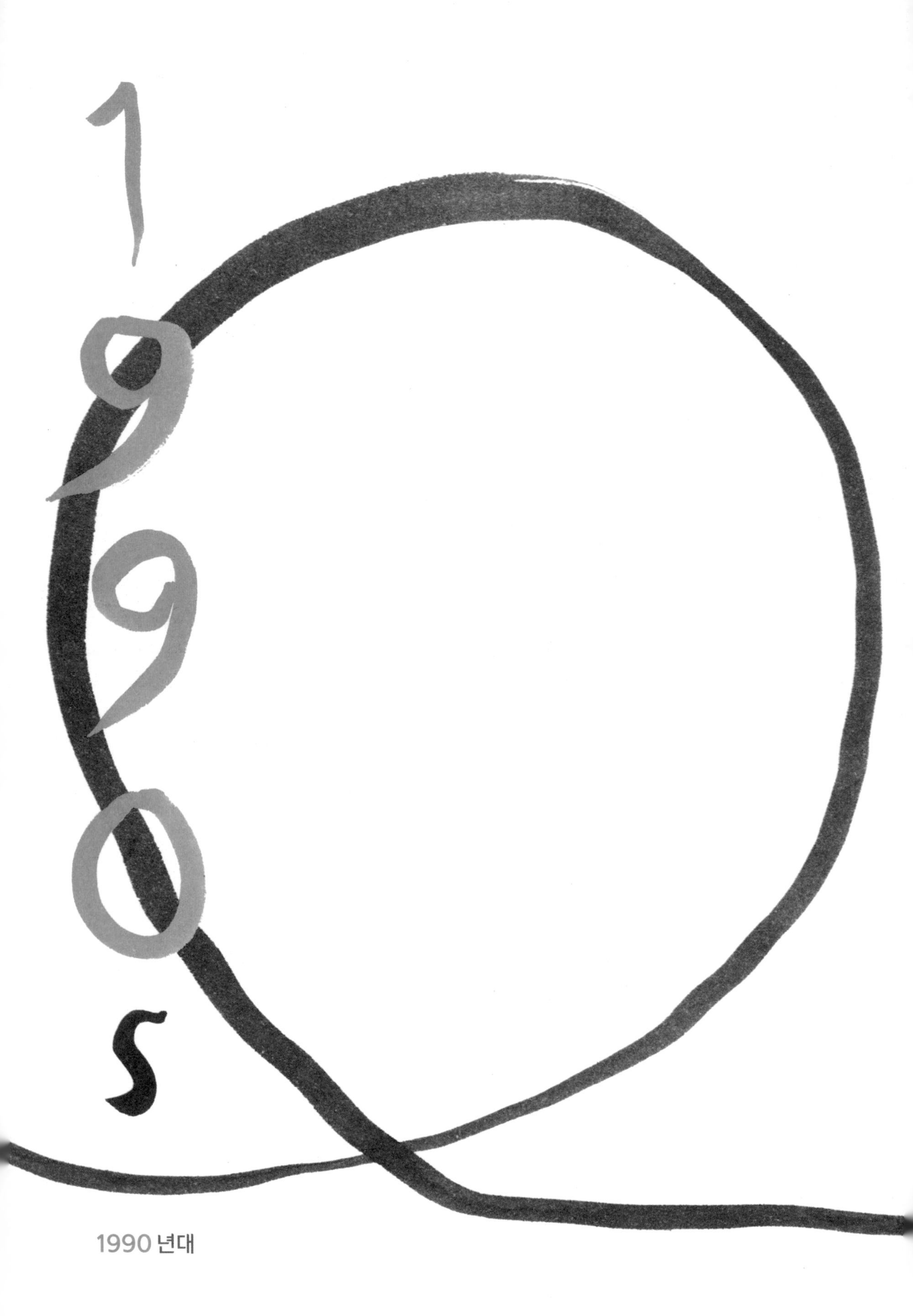
1990s

1990 년대

30s

30대

서른 생일이 다가올 즈음엔 만화로
어느 정도 생계를 유지할 수 있었어.
낮에 시간만 조금 더 있으면
더 그릴 수 있을 것 같았지.
COLOR
COPIES
오후 시간을 확보하려면 아르바이트를 관두는 수밖에 없었지만,
그 일은 금액이 얼마 되지 않아도 안정된 수입원이었어.

믿음을 갖고 도전해 보는 수밖에 없었어.
몇 달 동안 아슬아슬했지.
그런 진지한 약속을 할 준비가 됐던가?
1·976·TOOL
아무짝에도 쓸모없는 종이 풀칠 기술 덕분에
지역 레즈비언 게이 신문사에 일자리를 얻었어.

사람들이 결혼하기 전에 느끼는 기분이 이런 걸까.
E. 31st St
결혼이라는 개념은 나와는 상관없는 일이었지만,
독신을 선언한 뒤로는 더 그렇게 느껴졌어.

그런데 이상하게도 여자들이 줄줄이 내게 관심을 보였어.
심각할 거 없어.
그냥 섹스만 해도 돼.
큐피트의 장난이었다면
최후 승자는 나였지.
검월 타이어.
15살부터 탄
5단 기어 서버번.•

● 자전거 회사 슈윈(Schwinn)이 1970년대에서 1980년대까지 만든 경량 자전거.

무관심하거나, 딴 데 정신이 팔렸거나,
이뤄질 수 없는 사람들에게만 흥미를 느꼈지.
어…안 되겠어.
미안.
자전거 수리 가게에서
일했음.

명상에 관한 관심은 여전했어.
린다는 선불교 불자여서 좀 배우고 싶었어.
불교에 관한
책 중에 뭐가 좋아?

음, 『다르마 행려』 읽었어?
아니 『길 위에서』를
읽은 적은 있는데
도중에 집어치웠어.
너무 마초스러워서.
어, 그건
무시하는 수밖에 없어.
린다는 자전거는 두 대 있었어.
둘 다 가격이 월세 몇 달 치는 됐을 거야.

어떻게 아직도
이런 걸 타지.
5단 기어, 18kg

뭐 어때서?!
잘 굴러가기만 하는데!
무겁잖아.
내 자전거 들어 봐.

와.

그래서 뭐?
자전거가 무거울수록
운동이 더 많이 되는 거 아냐?
좋아,
자전거 한번
같이 타야겠다.
린다는 며칠 동안 도시 밖으로 떠나는
자전거 여행을 말한 거였어. 린다의 '진짜' 자전거를 빌렸지.

자전거 여행을 준비하면서 『다르마 행려』와
자전거 전용 반바지를 샀어.
?!
패드가 들어가
특이하게 생김.

쿠션이 필요해. 바지가 피부에 쓸리거나
나풀대지 않게 딱 달라붙어야 하고.
장갑도 필요해.
FREE WHEEL
KE SHOP
HÜSKER DÜ
한 주 수입에 버금감.

일할 시간을 쪼개 떠나는
이 비싼 여행이 불안했어.
생계 유지를 위해
여러 가지 일을
하고 있었거든.

어쨌거나 며칠 후
우리는 떠났지.

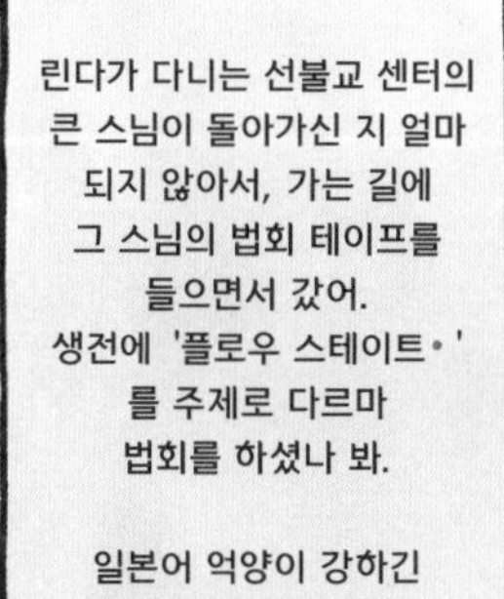

린다가 다니는 선불교 센터의
큰 스님이 돌아가신 지 얼마
되지 않아서, 가는 길에
그 스님의 법회 테이프를
들으면서 갔어.
생전에 '플로우 스테이트•'
를 주제로 다르마
법회를 하셨나 봐.

일본어 억양이 강하긴
했지만, 말을 알아들어도
무슨 얘기를 하는 건지 도통
이해할 수 없었어.

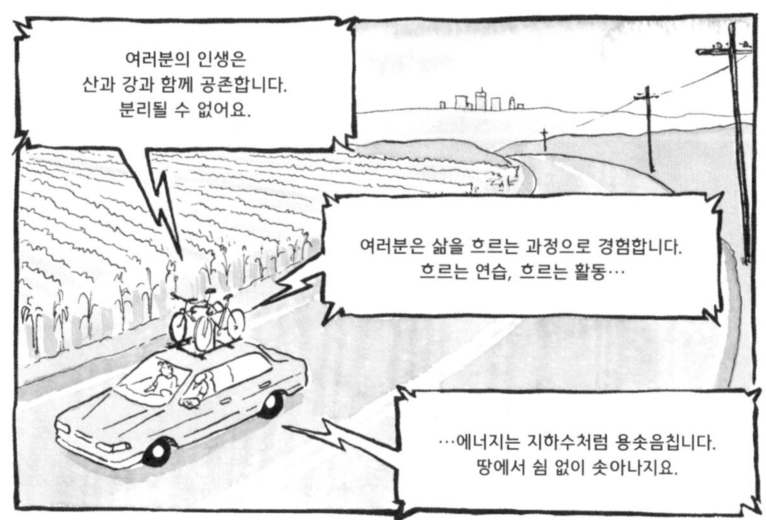
여러분의 인생은
산과 강과 함께 공존합니다.
분리될 수 없어요.
여러분은 삶을 흐르는 과정으로 경험합니다.
흐르는 연습, 흐르는 활동…
…에너지는 지하수처럼 용솟음칩니다.
땅에서 쉼 없이 솟아나지요.

• flow state. 활동에 몰입할 때 나타나는 최적의 심리 상태.

한참을 차에 있으려니 좀이 쑤셨지.
하지만 자전거를 타기 전에 해야 할 일이 있었어.
자전거 안장봉과
안장 조절하기.
그나저나 대체
*다르마*가 뭐야?
아주 구체적으로 말하면
부처님의 가르침을 뜻하지.
핸들 높이 조절.
행위가 우주와 조화를 이뤄야 할
필요가 있다는…
타이어
공기를 꽉
채우고,
페달을 바꾸고,
…우주를 관장하는 법칙 또는
원리를 뜻하기도 해…
선크림을
바르고,
…그리고 좀 확장해 보자면, 우주 안에서
일어나는 모든 현상이야.
산스크리트어로는
'진리'를 뜻해.
컴퓨터 만지작대기.
캠핑 장비와
마실 물 달기.
대체 세상에 어떤 단어가
그 모든 것을 뜻한단 말이야?
이상하게 생긴
자전거용 신발.
(나는 그냥
스니커즈를 신었지.)
린다한테는 준비에 시간이 오래 걸리는 게
하나도 이상하지 않은 것 같았어.

마침내 떠났어.
어…잠깐만.
화장실 가야겠어.
18단 기어
13kg

이 새로운 종교로 나를 인도해 준 린다에게 평생 고마워할 거야. 나 혼자서는 절대 그 많은 장비를 구하지 못했을 걸. 자전거 기어는 말할 것도 없고.
철커덩
GRNK!
K-K-K-CHNGK
처얼컥
린다의 최신식 '산악용 자전거'를 탄 지 1분 만에 무거운 슈윈과 작별을 고했지.

사실 그 산악용 자전거는 슈윈의 구모델에서 진화한 거야. 사람들은 1970년대에 그 투박한 자전거를 타고 캘리포니아 마린 힐스 구릉 지대를 몰려다녔어. 나중에 자전거 부품들이 좋아지면서 타이어가 커지고 프레임이 가벼워졌지.

내 슈윈 자전거는 초기 대량 생산 모델이었던 전문가용 '스텀프점퍼●'였어.

힘쓰는 건 기분이 좋았어. 난 일하지 않을 때도 땀 흘리며 사서 고생했지. 긴 언덕을 열심히 올라가면서 왜 그런지 생각해 봤어.
내 문제가 뭘까?
언제나 뭔갈 해야 해! 노력하고! 이뤄야 하고!

왜 항상 이렇게 목적 지향적일까?
너무 꽉 막혔어!
예민하고!
최악의 경우를 대비하고!
헉.
헉.
나는 전전긍긍하는 못난이야!

● stumpjumper. 말 자체는 시골뜨기라는 뜻. 전문가용 스텀프점퍼(specialized stumpjumper)는 1981년에 최초 대량 생산된 산악용 자전거를 뜻함.

갑자기 뭔가 확실해졌어.
너는 전전긍긍하는 못난이야!
그래서 뭐?!
『선심초심』에서 스즈키는 이렇게 물어. '무엇이 더 진짜인가.
문제인가, 자기 자신인가?'

자기 연민의 찰나에 버섯으로 느꼈던
충만감을 아주 살짝 느꼈어. 그걸
자기 연민이라고 부를 수 있다면.
GRNK
K-CHNGK
철컹
철커덩

거의 잊고 지냈어.
운동으로 지쳤을 때
단단했던 에고가 살짝
느슨해지는 효과를.

5년 전 가라테를
그만둔 이후 가장 길게 한
유산소 운동이었어.

자전거를 타고 나서 몸이 쑤시고, 안장으로 엉덩이가 아프고, 피부가 타고,
소금기로 뒤덮여도 그저 유쾌할 따름이었지.
72km!

그날 밤 『다르마 행려』를 읽기 시작했어. 케루악은
버클리에서 시인 게리 스나이더와 만났던 일을 묘사해.
케루악은 가명을 썼지만 누가 누군지 충분히 알아챌 수 있어.
게리 스나이더는 재피 라이더, 케루악은 레이 스미스.
그 둘의 친구, 시인 앨런 긴즈버그는 알바 골드북.

레이 형, 들어와.
1955년. 잭은 한 해 전 불교에 입문했어.
『길 위에서』를 집필했지만, 아직 출판사를 찾기 전이었지.

스나이더는 대학원생이었어. 4년간 선불교를 연구하며 실천했고, 당나라 시인인 한산의 작품을 한창 번역하는 중이었어.
형이 보는 한산은 큰 도시와 세상이 싫어 산으로 숨어 버린 중국학자야.
어이, 그거 자네 얘기 같은데.
게리는 등산 경험이 많았고 자연을 사랑하는 사람이었지. 어렸을 땐 여름에 캐스케이드 숲에서 일했대.
책을 읽을수록 케루악이 게리에게 폭 빠진 게 분명해 보였어.
아, 얼마나 좋아…
…이 한적한 곳에서, 이렇게 고요한 시간에 안경 쓰고 혼자 공부나 하다니…
반다나* 에 싸여 있는 요리 도구
형이 해야 할 일이 뭔지 알아? 나랑 산에 오르는 거야.
마터호른에 오르는 거 어때?
좋아! 어디 있는 거지?
시에라 고원에 있지.
시에라 고원이라! 나는 그 말에 전율하는 동시에 안정감을 느꼈지.
Z.
쿨.
Eureka!

* 강한 햇빛을 가리거나 장식용 등으로 머리나 목에 두르는 얇은 천. 인도의 힌디어로 홀치기 염색을 뜻하기도 함.

다음 날 힘이 더 솟았어. 바람처럼 자유롭게
자전거를 탔어…길을 되돌아올 때까지는.

%&#$@!

여태껏 바람을 타고 있었던 거야.
이제 바람 반대 방향으로 맞서 나갔어.

뒤에서 바람이 밀어주는 건 완전 특권이네! 다 내가 잘해서인 줄 알았지!*
뭐라고?

* 사이클링을 통해서 얻은, 진부하지만 참된
수많은 인생 교훈 중 하나.

『다르마 행려』에서 그날 밤
잭과 게리는 시에라 고원으로
운전하고 가서 등산을 시작했어.

등산하면서 하이쿠를 짓고, '쏟아져 내리는' 물에 머리도 담그고,
물도 마셨어.

레이니어 맥주*광고 같네!

둘은 온종일
긴 바위 계곡을 올랐어.
해 질 녘이었지만,
정상까지 아직 3km
더 남아 있었지.
그들은 자리를 잡고
명상을 시작했어.

형, 알지.
내게는 산이 부처야.

● 시애틀 남동쪽에 있는 레이니어산의 이름을 딴 맥주.

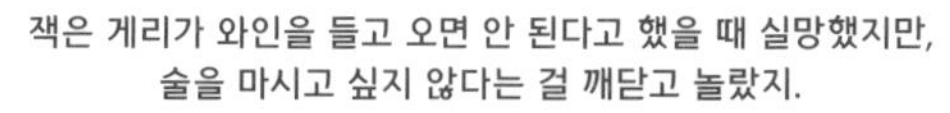
잭은 게리가 와인을 들고 오면 안 된다고 했을 때 실망했지만,
술을 마시고 싶지 않다는 걸 깨닫고 놀랐지.

이런 공기라면 공기에도 충분히 취할 수 있겠어!

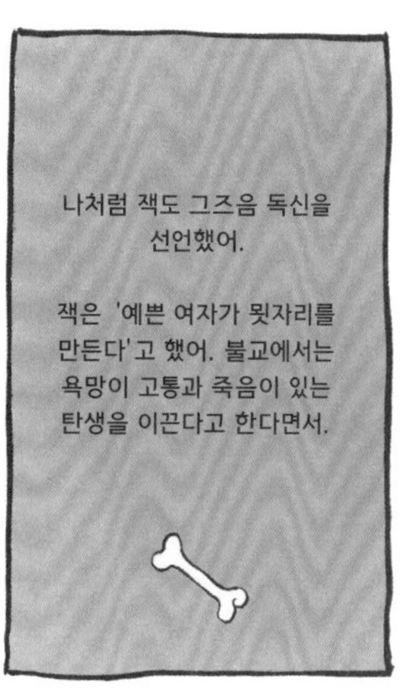
나처럼 잭도 그즈음 독신을 선언했어.
잭은 '예쁜 여자가 묏자리를 만든다'고 했어. 불교에서는 욕망이 고통과 죽음이 있는 탄생을 이끈다고 한다면서.

자기도취에 빠진 여성 혐오자.

하지만 내 독신 선언도 이에 버금갈 정도로 자기도취적
이었다는 걸 지금은 알 것 같아. 섹스는 나를 헤어나기 힘든
곤경으로 이끌었지. 혼자라면 온전히, 다치지 않을 수 있었어.

잭이 '게이 자식들'이랑 히치하이크하는 이야기를 언급한 건
어쩌면 게리에게 느끼는 친근감을 떨쳐 버리려고 그랬는지 몰라.
나중에 잭은 잠든 게리를 바라보지.

마지막 날은 좀 힘들었나 봐. 차로 돌아왔을 때 나는
'봉크 현상'을 겪었어.

괜찮아?

지구력을 요하는 운동을 하다가 체내 글리코겐이 다
소진됐을 때 느끼는 극심한 피로감을 봉크라고 해.

모르겠어.
기분이 이상하네.

우울할 때 착 가라앉는 기분과 흡사해서 깜짝 놀랐어.

『다르마 행려』에서 그날 밤 잭도 깜짝 놀랐어.
잭은 정상으로 이어지는 미끄러운 자갈 비탈을 게리와 함께 올랐지.
고도가 높은 나머지 잭은 지쳤어. 바람은 거셌고.
너무 높아!
여기 있을게!
게리는 멀리 앞서 있어 잭의 말을 들을 수 없었어.
잭은 두려운 나머지 절벽에 튀어나온 작은 바위를 찾아 쪼그려 앉았어.
야아아호!!
게리는 정상까지 오르지…
…그리고 껑충껑충 산을 뛰어 내려오기 시작했어.
잭도 게리를 따라 신바람이 나게 뛰었지.
산이 얼마나 그리웠는지. 유년 시절 오르내린 별로 높지 않은 애팔래치아산맥도 이 연옥의 평원에서 나를 어느 정도 구해줬을 텐데.
저거 봐! 저거 언덕이야?!
저거? 저건 구름인데.
교외에서 한 운동에 도취된 걸까.
『다르마 행려』에서 시에라 등반의 환희를 엿본 탓일까.
나는 인생에 큰 변화를 줄 참이었어.

오후 아르바이트라는 벼랑에서 마침내 뛰어내리고,
몇 주 뒤 전혀 모르는 사람한테 편지를 받았어.
I love your work.★ If you ever find yourself in Vermont, come visit my old farmhouse on an island in the middle of Lake Champlain.

3개월 안에 나는 그 농가로 이것저것 모두 챙겨 갔지.
독신이고 뭐고.

동쪽으로 갈 때가 된 거야. 그냥 동쪽이 아니지. 의식이 깨어 있고 게이터●를 입은 초월주의자들이 모여들던 그곳,
뉴 잉글랜드! *버몬트*● 라는 이름에도 산이 있잖아.
크리스가 사는 섬에서 푸른 산을 볼 수 있었어.
성급하게 맺은 이 관계가
실수였다는 건 놀랍지 않지.

가을쯤 상황이 안 좋아져 결국 이사 나왔어. 이번엔 진짜로 산속에 있는 집으로 갔어.
거기서 보낸 첫날,
고마움이 복받쳐 침례를 받듯 차가운
개울에 몸을 담갔지.
작은 월셋집의 고독이 좋았어.

★ 당신 작품을 좋아해요. 버몬트에 올 일 있으면 챔플레인 호수 가운데 섬에 있는 오래된 농가에 방문해 주세요.

● 겨울 등반 시 추위로부터 다리를 보호하기 위해 착용하는 의복 또는 장비.

● Vermont. 뉴 잉글랜드(New England) 지역을 구성하는 6개 주(뉴 햄프셔New Hampshire, 마인Maine, 매사추세츠Massachusetts, 코네티컷Connecticut, 로드 아일랜드Rhode Island, 버몬트Vermont) 중 하나. mont는 불어로 산이라는 뜻.

고독, 11월의 눈. 그렇게 많은 눈은 처음이었어.
오소리 굴과 끝나지 않는 겨울을 꿈꾸던 어릴 적
환상이 떠올랐지!

격자무늬가 새겨진
아이용 스키*에서 왁스를 바르는
스키로 갈아탔지. 어른들이 타는
신비하고 관능적인 스키로.

후미진 버몬트 시골로 갑자기 이사하면서 친구들,
요가 선생님, 도시의 다양한 문화생활, 모두 뒤로 하고 떠났어…

…심리 치료도. 심리 치료가 더 깊이 진전될 참이었지.

내면으로 향하는 길의 문턱까지 갔으면서,
더 아플까 봐 슬그머니 빠져나온 걸까?

아니면 내면 깊숙이
풍덩 뛰어들려고
높은 산속으로
들어갔나?

그 언덕을 얼마나
실컷 즐겼던지!

크로스컨트리 스키는 보기보다 어려웠어. 스키 탄 지 벌써 16번째 겨울이었어.
이때 나이로 따지면 인생의 절반을 탄 거지.

까악.
날고 있어.

버몬트에서의 첫 겨울, 이 탁월한 운동 방식을 이해하기 시작했어. 차고 미끄러지기.

● 크로스컨트리 스키에는 바인딩 아랫부분 스키 바닥에 생선 비늘 모양의 격자무늬를 넣은 것(스키가 눈 위에서 쉽게 미끄러지지 않도록)과 무늬가 없이 왁스만 바르는 스키가 있음.

봄에는 자전거를 탔어. 평평한 지형이 없었어.
오르막 아니면 내리막이었지.
진입로.
도로 주행과 산에
오르는 기능이 복합된
하이브리드 자전거.

살면서 내리막과 오르막 중 하나만 골라야 한다면
오르막을 택하겠어. 내가 자주 생각하는 실존적 질문이지.
12kg, 한 달 치
월세에 맞먹음.
'아이보리' 아니고
'상아색'.

오르막길은 더 힘들지만 예측할 수 있는 고통이야.
통제하에 있잖아. 내리막길에서 무슨 일이 있을 줄 알고?
스스로 진정하라고 마음을 다스리곤 했지.
의도적으로 기쁨의 함성을 연습하곤 했어.
와!
그 함성이 진정성 있었는지 의심돼.

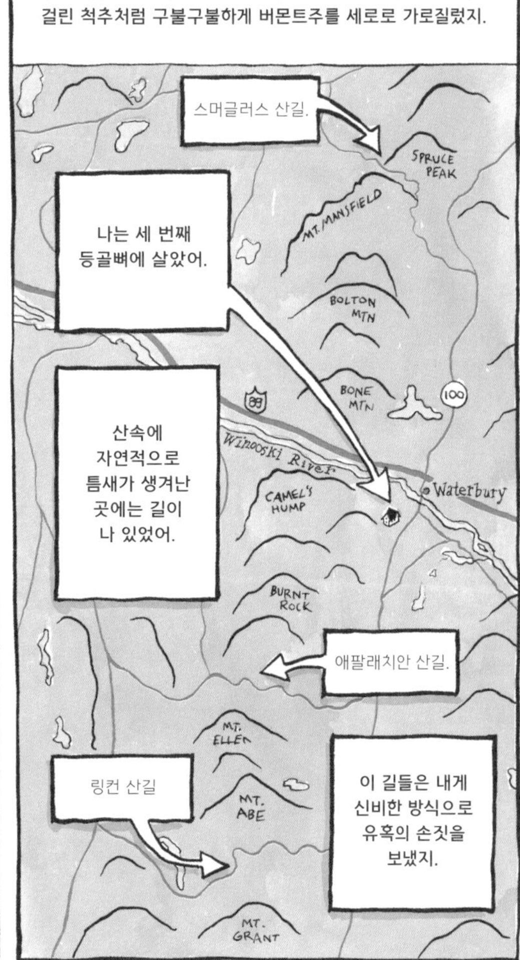
새로운 놀이터가 수직으로 있어 좋았어. 푸른 산들이 측만증에
걸린 척추처럼 구불구불하게 버몬트주를 세로로 가로질렀지.
스머글러스 산길.
SPRUCE PEAK
MT. MANSFIELD
나는 세 번째
등골뼈에 살았어.
BOLTON MTN
산속에
자연적으로
틈새가 생겨난
곳에는 길이
나 있었어.
89
BONE MTN
100
Winooski River
Waterbury
CAMEL'S HUMP
BURNT ROCK
애팔래치안 산길.
MT. ELLEN
링컨 산길
MT. ABE
이 길들은 내게
신비한 방식으로
유혹의 손짓을
보냈지.
MT. GRANT

Adirondacks
링컨 산길은
보기보다 가팔랐어.
Lake Champlain
산은 중력이란 마법으로 거리와
비탈을 재는 능력을 왜곡시켰어.
Mount
Abe
Lincoln
Gap
Sugarbush
Ski Area
지그재그로 가면 약간의 각도 차이로
경사를 줄일 수 있었지.
겨우 자전거가 쓰러지지 않을
속도로 가고 있었어.
헉
후
…숨을 들이쉬고
내쉬고…
정상에 가까워질수록 시공간이 따로 놀았어.
안과 밖도 덩달아 흐릿해졌고.
…내 시야는 앞바퀴가 아스팔트와
만나는 지점에 고정돼 있었어.
여기.
얼마나 오래 탔던 거지?
지금.
Mad River

정상에 딱히 볼만한 풍경이 없었지만 그런 보상 따위는 필요 없었어.
유산소 운동으로 취한 상태에서 나는 우주의 본질을 볼 수 있었거든.
충만했던 버섯의 경험처럼.
하지만 오래 지속되지 않았지.
파워바로 당충전을 했어. 느닷없이 여기저기 보이기 시작한 고열량 스낵인데
어릴 적 먹었던 '스페이스 푸드 스틱* '을 생각나게 했어.

그 느낌을 다시 느끼려고 더 멀리 가기 시작했어. 32세 생일에는 160km를
달렸지. 자전거를 영원히 탈 수 있을 것 같았어.
GENERAL STORE
AGED CHEDDAR
MAPLE PRODUCTS
LIVE BAIT
지도*
ICE
* 한물간 물건. 지구 위 특정 지역을 알려 주는 인쇄물.

마침내 발견한 걸까?
초인적 힘의 비밀?

강해진 지구력은 일할 때까지 이어졌어. 급해서 허둥지둥할 때까지 연재해야 할
만화를 그리지 않고 꾸물거렸어…
오, 롭!
닉앳나이트*
지역 신문*
* 한물간 물건. 민주주의** 버팀목.
** 한물간 개념. 직간접적으로 사람들에 의해 운영되는 정부.

…그러다가 오랜 시간 집중해서
쓰고 그렸어. 자주 밤을 새웠고.

● Space Food Stick. 필즈베리(Pilsbury) 회사가 1960년대 후반에 출시했으나 이제는 생산되지 않는 스낵. 나사의 우주 비행사가 먹은 음식을 간식으로 만든 것.

● Nick at Nite. 밤 시간대부터 새벽 6시까지 여러 가지 텔레비전 쇼를 묶어 방영하는 프로그램.

물론 이건 고의적인 자기 방해였지. 수준 이하의 작업을 시간이 부족한 탓으로 돌리는 방법.
동시에, 사물들이 신비하게 보이는 초집중 상태를 만들어냈어.
Glenwood
온 세상, 일상적이고 평범한 물건까지 의미로 반짝였지!

장시간 자전거를 타거나 스키를 탈 때는 운동을 마칠 때까지 인생의 다른 부분들이 옆으로 밀려났어. 운동 후 아주 잠깐 의기양양한 순간을 경험하고 나서 쓰러졌지.

하지만 이렇게 몰아서 일하고 난 뒤엔 신경이 너무 활성화된 나머지 잠을 잘 수 없었어.
새벽 6시
마침내 잠이 들면 다시 일어나기 쉽지 않았지.
오후 4시

나는 '프리 러닝°'을 하고 있었어. 어떤 기사에서 배운 단어인데, 동굴에 사는 사람들이 경험한 수면 패턴을 이렇게 부른대.
시간으로부터 자유로워지는 그 느낌을 사랑했어.
우체국 시간을 또 놓쳤네.
뭐, 어쩔 수 없지.
한계로부터! 죽음 그 자체로부터!

- free running. 문자 그대로는 자유롭게 뛴다는 의미지만, 이 맥락에서는 24시간 주기를 거스르는 수면 패턴을 말함.
- Camel's Hump. 낙타의 혹이라는 뜻으로 버몬트주에서 독특한 모양새로 잘 알려진 산.

하루는 마감에 맞춰 한창
일하고 있는데 친구가
캐멀스 험프*를
뛰어서 올라가 보겠냐고
물어보려 들렀어.

버몬트에서 세 번째로
높은 산이야.
이 파격적인 제안에
저항할 수 없었지.

활력이 넘치는 상태에서 친구와 나란히 뛸 수 있었어.
우리 스키 팀에서
이렇게 운동했거든.
TROMP
성큼
성큼
TROMP

와!

1.2km

산은 오래전부터 자아를 상징했어.

독특한 고양이 모양의 캐멀스 험프가
내 마음속 중심부라고 여겼던 베이크 오븐을
대체했지.

'험프'를 뛰어 내려오는 건 황홀한 춤 같았어…
진흙탕에 곤두박질치기 전까지. 어떤 맥주 광고처럼.
아마도 레이니어 맥주겠지.
철퍼덕
SPLORTCH

저런, 괜찮아?
나…나 이렇게
행복한 적이
없었던 것 같아.
아이고, 정말로 세게 곤두박질쳤나 봐.

* 아베나키 원주민은 캐멀스 험프를 '이 산에서 물가에 동그랗게 앉아 조심스럽게
불을 지피고 쉰다'는 뜻을 지닌 이름으로 불러.

여기저기 쑤셔서 겨우 걸을 수 있었지.

계단을 뒤로만
내려갈 수 있었어.
내 생활은
한동안 이런
에너지 분출과
고갈의 순환에 지배돼.

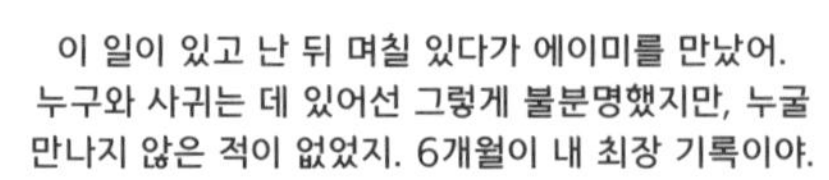

이 일이 있고 난 뒤 며칠 있다가 에이미를 만났어.
누구와 사귀는 데 있어선 그렇게 불분명했지만, 누굴
만나지 않은 적이 없었지. 6개월이 내 최장 기록이야.

레즈비언식 애무

에이미는 팔이 멋졌어. 하지만 그보다 더 중요한 건
에이미가 작가여서, 급박하게 돌아가는 내 일의
유별난 특성을 이해했다는 사실이었어.

…그러다 일이
잘되는 순간이 있어…
아 맞아. 그 순간!

우리는 나중에 이날을 돌이키면서 첫 데이트에서
내가 제본 집에 들렀던 건 일종의 위험 신호였다고 곱씹었지.

Kinko's
COLOR
COPIES
내 만화만 픽업하면 돼.

처음에는 내가 해 왔던 대로 살 수 있을 것 같았어.

그래.
이제 일해야 해.
잘 자.

시내에 있는 에이미 집에 갈 때 전날 밤새워 그림을
그렸거나 자전거를 타고 산에 갔다 와서 거의 식물인간
상태로 도착하곤 했어.

시켜 먹고 티브이나 보자.

오래지 않아 이 패턴이 갈등의 씨앗이 됐어.
에이미는 내가 상황을 파악하도록 도와줬어.
끝까지 밀어붙이지 않으면 어떻게 될까?
무슨 일이 일어날 것 같아?
어…

이건 불편한 질문이었어.
나…는
존재할 가치가 없다?
성인이 되고 나서
기억하는 첫 번째
민주당 대통령

이즈음 엄마,
남동생들과
가족 치료를 시작했어.

우리는
가족 치료 전에
아빠의 자살에 대해서
터놓고 얘기한 적이
없었지.

치료사는 재킷을 걸어 두고 아빠인 것처럼 말하라고 했어.
그이는 절대
그 체크 무늬 안 입을 거예요.
나쁜 자식!
카타르시스를 느낄 만큼의 울음도, 마법 같은 치유도 없었어. 하지만 도움이 됐지.

기이한 작업 습관 뒤에 어떤 고통이나 상실이 있는지 콕 집어내기 쉽지 않았어. 사실, 내 속 아주 깊은 곳에서는
내게 문제가 있다고 생각지 않았어. 나는 입출력 기능을 장착한 로봇이 아니잖아!
무에서 이야기를 만들어 텅 빈 곳을
채워야 한다고!
첫 번째 컴퓨터.
내 존재가 불확실한 상황에 대롱대롱
매달려 있는 건 당연한 거야!

콜리지와 워즈워스 남매는 24시간 주기 리듬을 거슬러 생활하는 것으로 유명했어. 밤에 나가 산책하고 정오까지 잤지.
적어도 짧은 황금기 동안은.
1797년 여름, 그들은 콜리지의 부인과 아이를 집에 두고 산속을 오래 걸었어. 시에 관해 이야기하면서.
셋은 언덕에 모여 바다로 흘러들어 가는 물줄기를 따라 걷기를 참 좋아했어.
심리학자는 미하이 칙센트미하이는 자신을 잊을 정도로 열중한 몰입의 순간을…
…'플로우 스테이트'라고 이름 붙이고 연구했어.
그보다 더 좋은 느낌은 없다고 말했지.

강이 바다로 흘러 들어가는 이미지는 콜리지가 그 가을에 쓴 「쿠블라 칸, 혹은 꿈속의 환상」에 등장해.
…이 성스러운 강은 미로처럼 구불구불 8km를 흘러…
…숲과 골짜기를 지나…

콜리지는
'이질을 치료하려고 먹은
아편 두 알에 취해 떠오른
몽상 속에서'
그 시를 지었다고 했어.

영어로 된 시 중
가장 알려진 시야.
부분적으로는 그 시가 만들어진
배경 때문이지. 콜리지는
그가 보았던 비전의 일부만을
떠올릴 수 있었어.

그 시의 주제 때문에 유명하기도 해. 인간의 창조성 그 자체. 무에서 유를 창조하는 능력.
저 돔을 대기에 짓겠어…
저 빛나는 돔. 얼음으로 지어진 저 동굴!
도로시, 윌리엄과 함께 걸으면서 머지않아 콜리지는 가장 위대한 시를 짓게 되지.

「늙은 선원의 노래」는
그다음 해에 콜리지와
윌리엄이 시집 모음집을
합작하는 발단이 됐어.

『서정 가요집』은 영국 내
낭만주의 움직임을
이끌었다고들 하지.

영감을 주는 뮤즈, 대필자, 판정단으로서 도로시도 이 프로젝트에 깊이 연관되었어. 이 세 사람은 몰입했어.
시간의 경계에 저항했듯, 개인의 경계도 어느 정도 흐트러졌지.

어릴 때부터
떨어져 자랐던
윌리엄과 도로시 사이에는
분명히 형제 이상의
친밀감이 있었어.

학자 대부분은 둘의
친밀감이 육체적으로까지
이어지지는 않았다고 해.

콜리지는 둘의 관계를 질투했지만, 그 역시 그 관계의 일부였어.
도로시의 자서전을 쓴 프랜시스 윌슨은 이렇게 말해…

'세 명은 다 함께 커플이었고, 도로시와 윌리엄은 처음부터 둘보다는 셋이기를 선호했다.'

1800년『서정 가요집』재판을 편찬하면서 윌리엄은 콜리지의 새 시「크리스터벨」을 거부했어.
콜리지는 아편 팅크●를 슬슬 더 많이 사용했지.

콜리지의 관심은 시에서
형이상학으로 흘러갔어.
I'm solving the Process of Life and Consciousness!
나는 삶과 인식이 어떻게
작용하는지 해결 중이야!
KANTS LOGIK
켄달 블랙 드롭●(초기 에베레스트 탐험대가
가져갔던 파워바의 시조 켄달 민트 케이크와
혼동하면 안 됨)

도로시의 생기 넘치는 자연 관찰 일기장은 1802년,
윌리엄의 부인이 워즈워스 남매가 사는 집으로
들어오면서 끝을 맞이해.

SLLLRP
CLINK

윌리엄의 작품은 결혼과 함께 최절정기를 이룬 것으로 여겨져.
그 뒤론 서서히 평범해졌고.

터무니없이 얕고 현대적인 방식이었지만, 나 또한 창작에
우여곡절을 겪었어. 프로젝트가 끝날 때마다
심연이 입을 벌렸지.
뇌가 바짝
말라붙은 거 같아.

● 동식물에서 얻은 약물이나 화학 물질을 에탄올 또는 에탄올과 정제수의 혼합액으로 흘러나오게 하여 만든 액제(液劑).

● Kendal Black Drop. 아편으로 만든 약. 영국 호수 지역의 가장자리인 켄달에서 이름을 따옴.

다행히도 야외 활동이 대뇌피질을 원상 복구시키는 데
효과가 있는 듯했어. 버몬트에서 네 번째 겨울을
맞이하며 근처 스키장을 찾았지.

NORDIC CENT
Trapp Family Lodge
트랩 가족 산장

「사운드 오브 뮤직」에 나오는 폰 트랩의 '트랩'이었어.
이 가족은 나치를 피해 도망 온 뒤 한동안 가수로 공연을
다니다가 여기서 숙박업을 해…

…오스트리아를 닮은 풍경 속에서. 어쩌다 보니 어린 시절 판타지를 또 하나 우연히 만나게 된 거야.
영화의 첫 장면에서 줄리 앤드루스가 부르는…

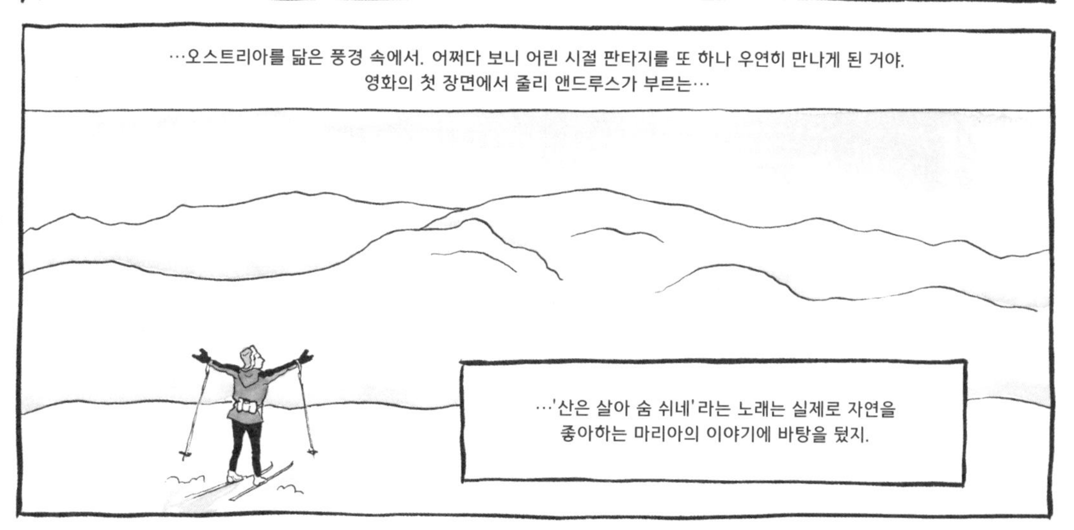
…'산은 살아 숨 쉬네'라는 노래는 실제로 자연을
좋아하는 마리아의 이야기에 바탕을 뒀지.

마리아는 몇 년 전에 죽었지만,
그녀의 이름을 딴 산행로가 있었어.

마리아 플라자
MARIA PLAZA
폭스 트랙
FOX TRACK
LODGE
산장

마리아는 수녀원을 떠나 좀 더 활동적인 삶을 살았지만,
숲속에는 그녀가 떠나온 수녀원 생활을 기리는 듯한,
매혹적인 느낌의 예배당이 있었지.

CLACK CLACK
딸각 딸각

예배당 안에서 발견한 낡은 성경책을 보고
성서점을 치지 않고는 못 배기겠더라고.
…모든 환난*
가운데서도 기쁨이 넘친다…
* 바울, 고린도 후서
기쁨과 고통이 뒤섞인 그 상태는 사실
내게 기쁨을 안겨 줬어.
딸각 CLACK
CLACK 딸각
바로 이 순간, 고통을 누르고 기쁨만 느낄 수는 없다는 사실이
명확하게 이해됐어. 그리고 고통을 느끼는 것은…
…고통을 피하려고 불안에 떠는 것에 비하면,
거의 기쁨 비슷한 감정에 가까웠어.
모-든 산을 올라 보라!*
사실, 기쁨이란 존재가, 이 모든 것이!
끝나기 때문에 가능하거든.
죽음 없이는 얼마나
지루하고 힘든 삶이겠어!
내가 충만하게 살아 있다는 감정을 느끼려면 아빠를 향한
슬픔의 밑바닥까지 싹싹 긁어내야 하는 거야.

● 「사운드 오브 뮤직」에서 원장 수녀가 마리아에게 꿈을 찾을 때까지 모든 산을 올라 보고, 강을 건너고, 무지개를 따라가 보라고 하는 노래 「Climb Every Mountain(모든 산을 올라 보라)」.

슬퍼하려면 장례식이 있어야 해. 아무도 아빠의 죽음 뒤에 숨겨진 이야기를 몰랐기 때문에 내게 아빠 장례식은 익살극 같았어.
Bruce Bechdel Funeral Home Beech Creek Penna. 962-2727
FAINTEX ® SMELLING SALTS
브루스 벡델 장례서비스 비치 크릭, 펜실베이니아 페인텍스, 후자극제●
지금이라도 그 이야기를 하면 어떨까?

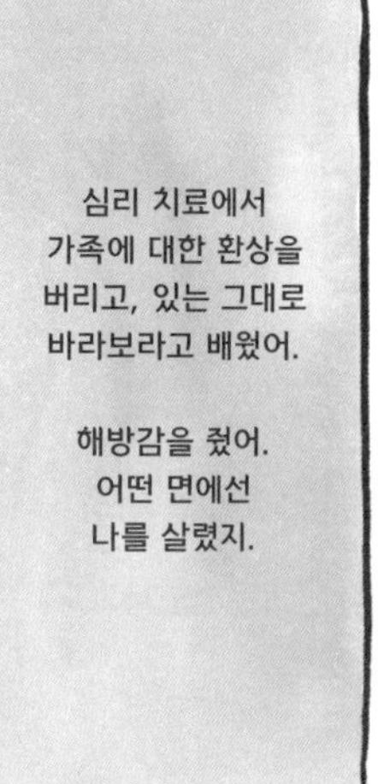
심리 치료에서 가족에 대한 환상을 버리고, 있는 그대로 바라보라고 배웠어.
해방감을 줬어. 어떤 면에선 나를 살렸지.

그런데, 책 쓸 시간을 어떻게 만들어야 할지 의문이었어. 이미 쉬지 않고 일하고 있었거든. 창작 산후 우울증은 점점 더 심해졌어.
인간의 삶은 아슬아슬해.
이 상황을 어떻게 좀 해 봐.

불교에 다시 심취했어. 이번에는 심리 치료와 비슷한 점이 보였어. 불교에서도 있는 그대로 바라보라고 하더군.
BRRRINNG!
따르릉
BUDDHIST BITS -N- BOBS
불교 이런 거 저런 거

일상 혹은 *삼사라*● 라고 부르는 매일은 끝없는 탄생과 죽음, 고통의 반복이야. 자아가 분리되어 있다고 생각하기 때문이지.
응…그래, 좋아
그 환상을 꿰뚫어 보고 아무것도 별개가 아니라는 걸 파악하면 윤회에서 벗어나지. 열반에 오르는 거야.

신기하게도 삼사라라는 이름의 카페가 시내에 새로 생겼어.
끝없는 고통과 죽음의 쳇바퀴 속에서 세 시에 보자.
전화, 팩스, 자동응답기. 이제는 쓰레기 매립지에 있는 것들.

● 병에 넣어 보관하다가 의식을 잃은 사람의 코 밑에 대어 정신이 들게 하는 데 쓰던 화학 물질.

● Samsara. 산스크리트어로는 samsāra라고 쓴다. 승사락[僧娑洛]이라 음역하며 윤회(輪廻)라고 씀.

나는 여전히 쿠션보다 자전거 위에서 열반의 상태에 가까워졌어. 그래서 두 가지를 합쳐 보기로 했지.
명상 워크숍에 참여하러 자전거를 타고 버몬트주를 가로질러 리트릿* 센터로 갈 참이었어.
그 장비들 때문에 속도 안 나는 거 아냐?
아-니! 나는 황소처럼 강해!
내가 사는 집으로 막 이사 들어옴.
단체 숙소에서 자지 않으려고 텐트와 침낭을 챙겼어.

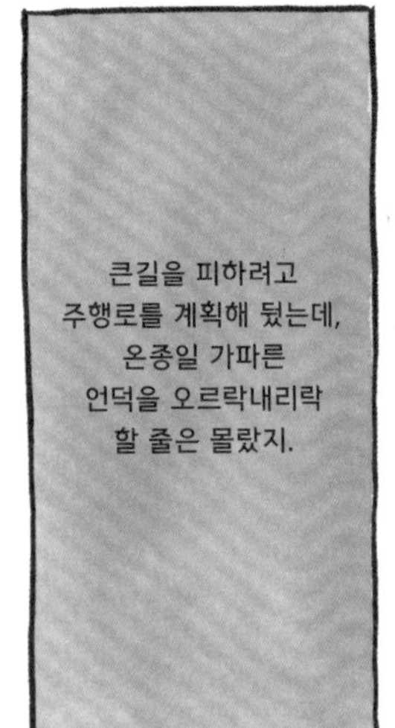
큰길을 피하려고 주행로를 계획해 뒀는데, 온종일 가파른 언덕을 오르락내리락 할 줄은 몰랐지.

어둑어둑해져서 주행을 포기한 채 돈을 내고, 남은 길을 데려다 줄 사람을 구했어.
다 마신 버드와이저 캔이 트렁크에 넘쳐 남!
VIDEOS
WEST BARNET GENERAL STO

저녁 식사를 놓친 데다 설상가상으로 텐트 기둥을 그 남자 트렁크에 놓고 내렸어.
숙소는 다 찼지만, 신사에서 잘 수 있어요.

콜록콜록!
드르렁

● retreat. 바쁜 일상에서 잠시 벗어나 수련과 휴식을 취하며 삶을 돌아보는 활동을 뜻함.

힘든 자전거 주행 후 잠도 잘 못 자서 다음 날 명상에 적합한 수용의 자세를 가질 수 없었어.
핵심은 명상하려고 애쓰지 않고, 생각하려고 애쓰지 않는 것입니다.
그런 마음도 넘어야 합니다. 애쓰지 않으려고 애쓰지도 마십시오.

휴식 시간에 선생님은 밖으로 나가서 담배* 여러 대를 피워 댔어.
* 70년대에 이 명상 센터를 설립한 초감 트룽파가 다르마 강연 중 담배를 피우고 진을 꿀꺽꿀꺽 마셨다는 사실을 미처 몰랐을 때야. 그리고 나선 학생 한두 명과 함께 잠자리에 들었대.

다른 참석자들은 현혹됐거나, 둔하거나, 사실을 부정하는 등 다양했어. 맑은 수프가 나온 저녁 식사 후 에이미에게 전화를 걸었어.
아침 9시에 정문 앞에 있을게.

물론, 시작부터
스스로를 함정에 빠트렸지.
자전거를 타고 가서 내 초인적
힘을 증명하려고 했어.
다른 이들이랑 함께 있지
않으려고 무거운 캠핑 장비를
짊어지고 갔고. 심지어 뒷길로
돌아다닌 것도 사람들을
피하려고 해서지.

텐트의 얇은 나일론 천-나의 에고 껍질-을 그토록 원했던 것도 내 괴로움의 근원이었어.
THULE
이 사람들 제정신이 아니야.

이맘때쯤이었어.
내가 술을 다시 슬슬
마시기 시작한 게.
'리트릿'의 진짜
선생님은 맥주 캔을
트렁크에 가득 싣고
다니던 그 남자였나 봐.

술을 마시면 즉각 차분해질 수 있었어.
깨달음 뒤에 따라오는 그 모든 질문에 시간을 정말이지 많이도 뺏겼어.
인디아 잉크를 마시지 않게 조심하세요.★
Loath To Drink India Ink
초기 크라프트 맥주의 그래픽 디자인과 비밀 메시지가 담긴 병뚜껑에 상습적으로 마음을 빼앗긴 탓이야.

게다가 마감이 닥쳤지.
이 프로젝트를 마감하는 마지막 주에 백 시간은 그렸어.
FedEx Ship Center
여기 또 셔츠 줄무늬가 빠졌네.
LATEST DROP OFF 7PM
화이트

마감 때마다 대가를 치렀지. 몸, 정신, 관계.
약물 중독된 것처럼 일하잖아!

둘 사이의 마찰에도 불구하고 에이미와 나는 집을 사기로 했어. 지금은 그 마찰이 나의 일 중독 때문이었다는 걸 알지.
우리는 가파르고 길이 좁은, 나무가 많은 계곡에 집을 구했어.

나중에 알았지만, 에이미는 그곳에 우리가 처음 운전하고 갔을 때 가슴이 쿵 하고 내려앉았대. 약속을 한 건 기억이 어렴풋해.
10년이 지나면 시내로 이사하는 거야.
그래 물론이야. 알았어.
10년은 영겁 같았어!

★ 벡델이 마시고 있는 크라프트 비어, 매직 햇(Magic Hat, 마술모자)의 뚜껑에는 각기 다른 메시지가 쓰여 있음. 그림에 있는 'Loath to Drink India Ink(인디아 잉크를 마시지 않게 조심하세요.)'라는 문구는 에드워드 고리(Edward Gorey)의 알파벳 입문서(Eclectic Abecedarium)의 한 구절이지만, 잉크로 매일 그림을 그리는 벡델에게는 그 문구가 특별하게 다가왔을 듯.

에이미는 자연을 좋아하는 내 관심사를 전혀 공유하지 않았어.
그래도 나는 에이미가 언젠가는 우리 집을 둘러싼
자연을 좋아하게 될 거라고 확신했지.

걸으러 갈래?
아니.

나는 산속을 돌아다니는 걸 좋아했어. 풍화된 바위,
절벽 바위, 비버가 만든 댐. 새로운 개울도 발견하고.
집 위 쪽에 있는 절벽에서는 캐멀스 험프를 볼 수 있었어.

새로 이사 온 집에서 처음 맞는 봄이었어.
시카고로 출장을 다녀와서 맥주를 마신 뒤
긴장을 좀 풀러 개울가로 산책 나갔어.

내가 약간 알딸딸하지 않았더라도 젖은 바위에 미끄러져서
무릎을 세게 부딪쳤을 가능성은 얼마든지 있었지만.

상처가
수치심으로 더
심하게 아렸지.

저녁에 마시는 맥주나 와인은 일상이 되어 버렸어.
습관을 바꿀 정도로 수치스럽진 않았나 봐.

그렇게
심각한 것
같진 않아.

다친 무릎은 다른 부상들처럼 쉽게 낫지 않았어.
자전거나 스키를 타지 못할 때
버몬트에서 다시 달리기를 시작할 참이었거든.

그런데 이제는 아파서
뛸 수가 없었어.

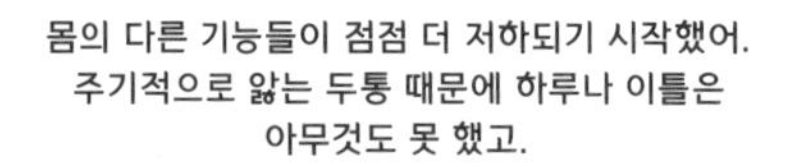
몸의 다른 기능들이 점점 더 저하되기 시작했어.
주기적으로 앓는 두통 때문에 하루나 이틀은
아무것도 못 했고.

운동하면 생기는 심박 급속증은 20대보다
더 오래 지속됐고 나를 약하게 만들었지.

(돈 낭비 같아서 고급스러운 자전거용 의류를 피했어.
그러다 한번 입어 본 뒤로는 흠뻑 젖은 면 티셔츠와
함께한 매 순간을 후회했지.)

그래도 이런 몸의 변화가 문제라고 생각하지 않았어.
대체로 황소처럼 강하다고 느꼈거든.

어중간한 계절*에 몸을 유지하려고 YMCA에 가입했어.
일주일에 한두 번 계단 오르기랑 웨이트 운동을 했지.

슬쩍 배 근육을
확인하는
오래된 수법

* 자전거 타기는 너무 춥고 스키 탈 눈은 없는
황량한 기간이 길어질 때를 뜻함.

결국, 운동을 좀
다양하게 해 보려고
트레이너를 만났어.
턱걸이 철봉 쪽으로
점프를 한 다음 몸을
낮추면 더 쉬워요.

몸무게를 이용한 운동이 대세였어.
처음부터 턱을 올리는 건 불가능해서 '아래쪽'에서 시작했지.
올라가는 움직임은
같지만, 더 쉬워요.

기력 없는 나 자신의 무게를 들어 올리는 연습이 다른 무게도
마침내 들어 올리게 도와줬나 봐. 아빠에 관한
책을 쓰는 일 말이야.
MARCH
두 번째 컴퓨터

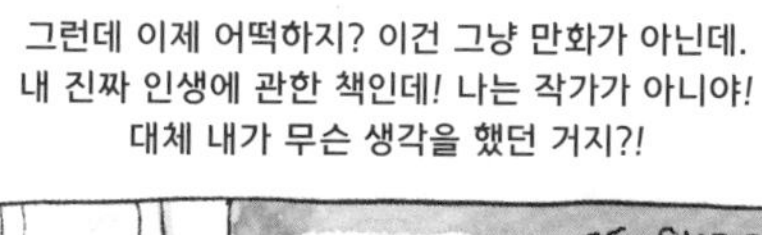
그런데 이제 어떡하지? 이건 그냥 만화가 아닌데.
내 진짜 인생에 관한 책인데! 나는 작가가 아니야!
대체 내가 무슨 생각을 했던 거지?!

JUNE
첫 번째
모뎀
WHEE SKRRR
DOINK DOINK
SCHXXXXSS
WEL-COME!
윙 쒸익
환영
합니다!
AMERICA
Online
NANO-
SAUR
나노
소어

그해 여름 여성 월드컵 결승 골을 터트린 브랜디
채스테인•에게서 용기를 좀 얻었는지도 몰라*.
투쟁을 위해 옷을 벗는 거야!

이야기가 가닥을
잡아가기 시작했어.
손은 얼굴에서
반대 방향으로 잡으세요,
그렇죠.
Newsweek
GIRLS RULE!
또 헬스장에서는
다른 방식으로 가닥을 잡아가기
시작했지.

* 사실 경기를 보지는 않았지만,
그 선수의 스포츠 브라가 내 안구에 새겨졌어.

턱을 올리자 이제 더 어려운 팔 굽히기로 들어갔지.
철봉 아래쪽에서 몇 개월 연습한 뒤…
Caring
Respect
역기를
떨어트리지 마시오
PLEASE DO NOT
DROP WEIGHTS
쿠우웅!
KUH
CLANK!
끄으응!

…마침내 나를 들어 올릴 수 있었어!
말 그대로 내 몸의 무게를 들어 올렸어!
그야말로 자립이지!

● Brandi Chastain. 축구선수. 1999년 여자 월드컵에서 결승 골을 넣은 뒤 상의를 벗어젖히고 나이키 스포츠 브라를 당당하게 드러냈음.

아빠에 관한 책에 매진하기 전에 연재만화 모음집을 먼저 출간해야 했어.
몇 달 동안 집중해서 작업했지. 아무런 사고 없이 새천년이 시작됐어. 겨울은 슬슬 봄으로 바뀌었고.

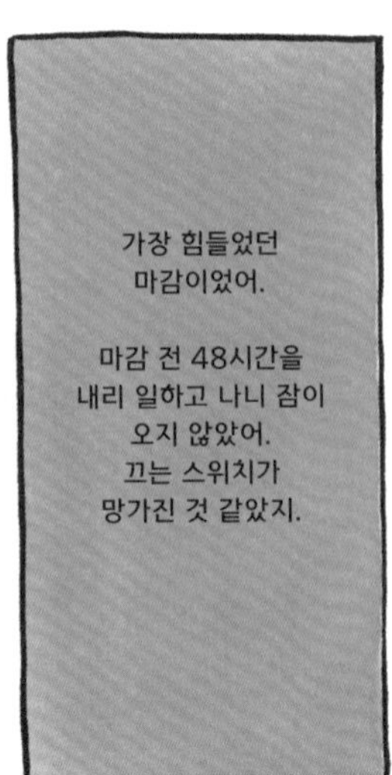
가장 힘들었던 마감이었어.
마감 전 48시간을 내리 일하고 나니 잠이 오지 않았어. 끄는 스위치가 망가진 것 같았지.

몇 달간 너무 바빠서 운동할 수 없었어. 게다가 브랜디 한 병을 나 혼자 다 마셨더라고. 계속 왜 이럴까? 대체 무엇을 위해서?
어쩌면 아무런 의미도 없는지 몰라.
RICKY MARTIN V.S.O.P
그 무엇도.
요전에 있었던 병은 다 먹을 때까지 4년이 걸렸어.

사실은 일 마감 말고, 더 절대적인 마감의 압박을 느끼기 시작했어. 내가 마흔이 되던 해였거든.
남성용 스코틀랜드 격자무늬 플란넬 가운 1653K

콜리지는 친구에게 이렇게 편지를 쓴 적이 있어. '하나이며 나눌 수 없는 어떤 위대한 것을 열망하기에 마음이 아프기까지 하다오.'
바로 그때의 내 심정이었어.

● 조지프 캠벨(Joseph Campbell)은 그의 책 『희열감으로 가는 길(Pathways to Bliss)』에서 희열감이란 현재에 온전히 존재하는 느낌, 진정한 나 자신이 되기 위해 해야 하는 어떤 일을 하고 있을 때 느끼는 감정이라고 정의함.

에이미가 보는 토라 기도문 안내책은
히브리어로 쓰여 있었어. 맙소사.
?
!
이 책은 누가 20년 전에 줬는데
펼쳐본 적이 없었어.
공영방송 기금 모집 운동에서 우연히
조지프 캠벨을 본 적이 있었지.
아. 그 사람이
이 사람이구나.
THE HERO WITH A THOUSAND FACES
천의 얼굴을 가진 영웅
모금하기는 조금 늦었네.
캠벨의 비교 신화에 대한 작업은 인생의 희열감*을 좇는
시나리오 작가들과 뉴에이지 식의 번영을
추구하는 사람들에게 이용당했어.
나는 약해져 있었어. 풍덩 뛰어들었지.
책의 앞부분에 언급된 꿈은
내가 얼마 전에 꾼, 냇가로 뛰어드는 꿈과
아주 흡사했어.
한 여성이 풀밭 위로 흐르는 맑은 강으로 다가와. 건너갈 길이 없어.
행운과 창의력으로 자기만의 길을 만들지.
실제 인생에서 그녀는 예술가야. 그래서 이 과정이 낯설지 않아.
'그녀는 영혼이 어두운 밤에 있다는 걸 알았다.
단테의 어두운 숲, 우리 인생 여정의 한가운데…'
라고 캠벨은 적어.
그러고 나서 카타 우파니샤드를 인용해.

★ 현자는 말한다. 그 길은 끝이 날카로운 면도날 같아서 가로지르기 어렵다!
A sharpened edge of a razor, hard to traverse, A difficult path is this—poets declare! 27 ★
마치 그 칼날에 베인 것처럼 한바탕 흐느껴 울었어.
내가 좀 예민했던 건 사실이지만 감정을 과장하는 성향이 있진 않아.
그 구절이 무슨 말인지도 정확히 모르겠는데.
영혼이 어두운 밤에 있다고? 나는 만화가야, 참나.
하지만 나는 오랫동안 그 책을 읽었어. 이미 어려운 길을 떠났음을 직감했지. 이제 계속 앞으로 나아가는 수밖에 없어. 영웅처럼 용감무쌍하게 뛰어드는 거야.
HERO WITH A 1000 FACES
어떻게 지금까지 깨어 있어?

내 인생을
바꿔야 해.
마침내 잠들 수 있었어.

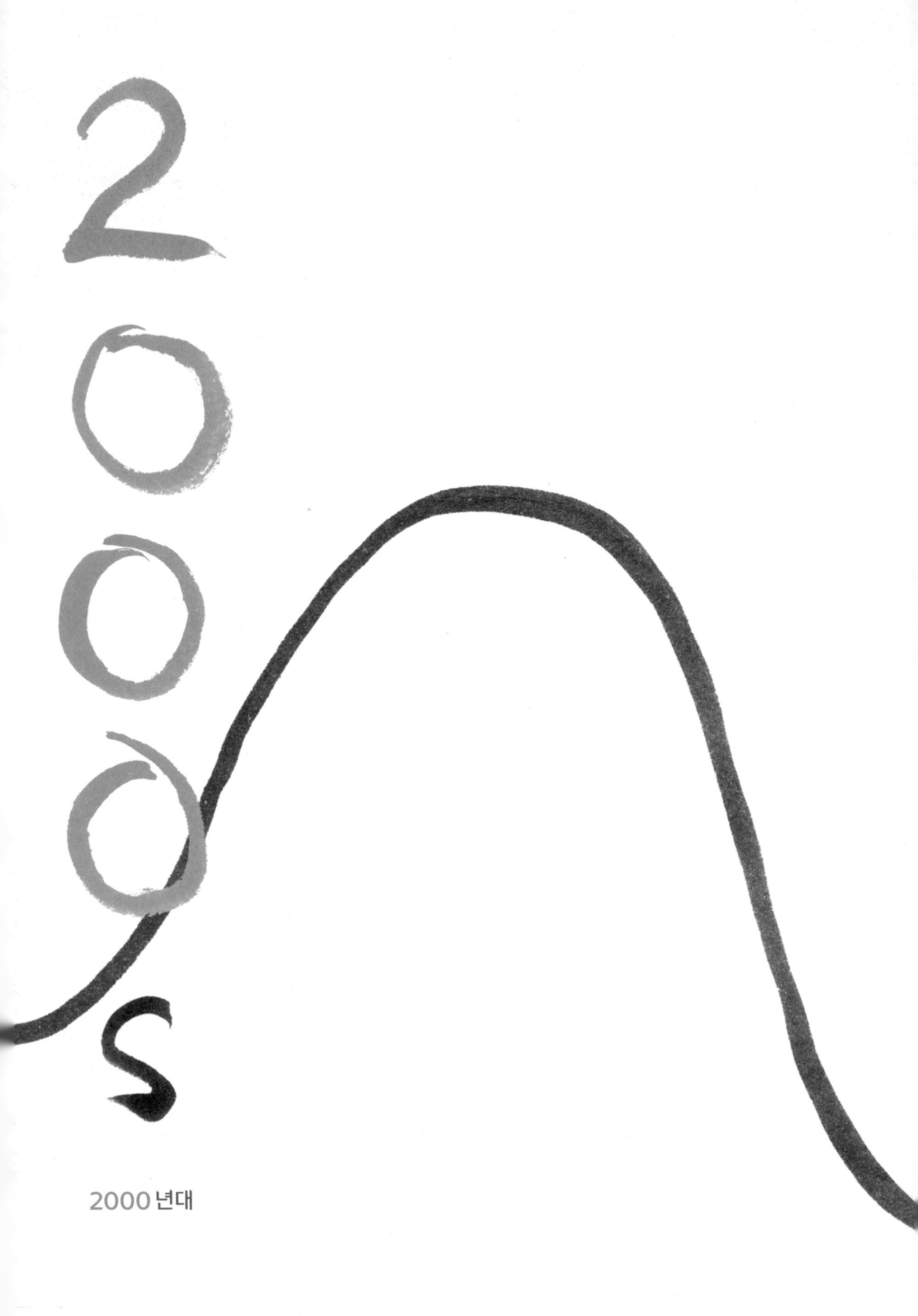
2000s

2000년대

40대

인생을 변화시킨다는 것. 변화는 앞으로 나아간다는 뜻이고,
앞으로 나아가는 건 본질적으로 한 곳을 향하지. 무덤.

뛸 때 아프면,
뛰지 마세요.
자전거 타시죠?
자전거를 더 타세요.
나는 변화를 원했지만 내 무의식은
아랑곳하지 않고 지금 이대로를
유지할 작정인 듯했어.

영혼이 어둠을 통과했던 그 밤 바로 다음 날 주치의를
만났어. 2년 전에 다쳤던 무릎이 계속 안 나아서.

나이 들어가면서 활동을 좀
바꿔야 할 때가 있어요.

어쩐 일인지 의사의 조언이 기분 나쁘지 않았어.
달리기보다 자전거가 더 좋았거든. 달리기는 힘들었어.

다른 건 좀 어떠세요?
음…사실 좀
스트레스가 많아요.

전날 밤 불면증이 경각심을 불러일으켰어.
주의를 기울여야겠다고 마음먹었지.

잠드는 게 힘들어요.
주의를 기울이는 만큼 깊은 잠에
빠져야겠다고 마음먹었나 봐.

그날 병원을 나설 때 빨간색 수면제 열 알을 받았어.
의사는 단기 해결책일 뿐이라고 경고했어.

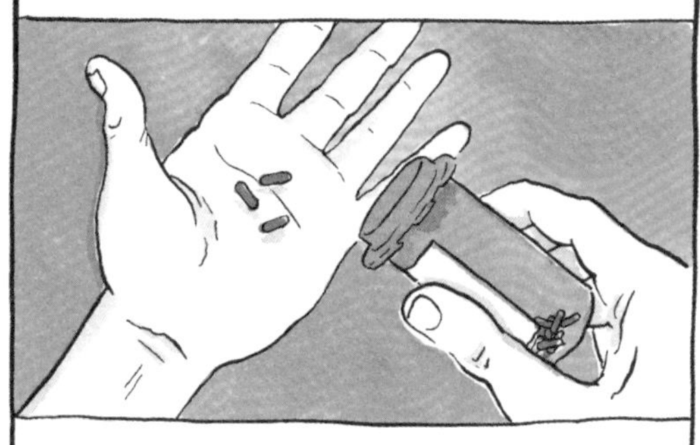

하지만 같은 약을 다시 처방받는 데 아무 문제가 없었지.
무려 15년 동안.

와… 운동 감각이 없어지고 있어!
발음도 다 푸울려었어!
신기하다!
어느 때부턴가 약 효과가 떨어졌어.

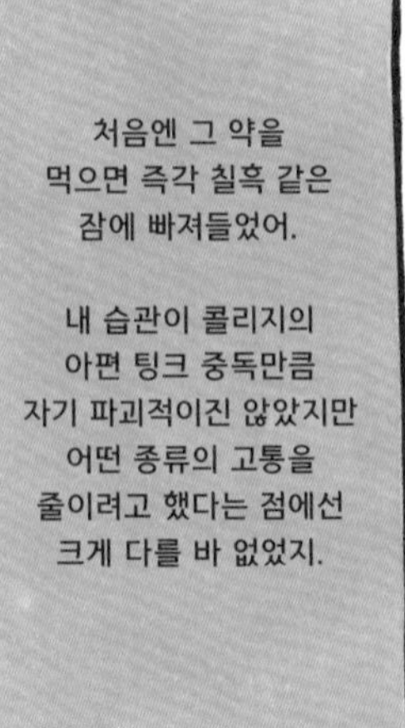
처음엔 그 약을
먹으면 즉각 칠흑 같은
잠에 빠져들었어.
내 습관이 콜리지의
아편 팅크 중독만큼
자기 파괴적이진 않았지만
어떤 종류의 고통을
줄이려고 했다는 점에선
크게 다를 바 없었지.

자전거를 더 타려면 제대로 된 자전거를 먼저 구해야 했어.
새 자전거는 너무 비싸서 5월 초에 중고 자전거를 보러 갔지.
자전거 거래
BIKE SWAP
SAT 9-7 SUN 10-2
이거 좋은데.
살 거예요?
음…모르겠어요.
$275
밝은 미소. 면도하지 않은
다리를 당당히 드러냄.

다음 달 에이즈 인식 개선
자전거 대회가 열리는데,
자전거가 필요해서요.
이상하게 이 여자한테 끌렸어. 이날 나눈 짧은 대화가
다음 몇 달간 계속 떠올랐지.

하지만 시시한 중년의 위기를 겪고 싶진 않았어.
그런 건 인생을 의도대로 살지 않는
비열한 인간들이나 겪을 일이었지.
160km 코스를
돌 거예요.
와. 저도 장거리 주행
연습을 할 여유가 있으면
좋겠네요.

이날 이후 이 여성과 몇 번 더 마주쳤지만, 에이미랑 헤어지고 나서 7년이라는 세월이 지날 때까지 말을 걸지는 않았어.

에이미랑 사귀는 동안 처음 느꼈던
성적 끌림은 아니었지…

…마지막도 아니었고. 같은 해, 또 다른 사람에게 끌렸어.
이번엔 전문가의 도움이 필요했지. 새로운
심리 치료사를 만나기 시작했어.

계속
다른 사람에게
끌려요.
주의력 결핍이
있나 봐요.

…그리고 침을 맞았어. 두통 치료로 가기 시작했거든.
편두통 같았어.

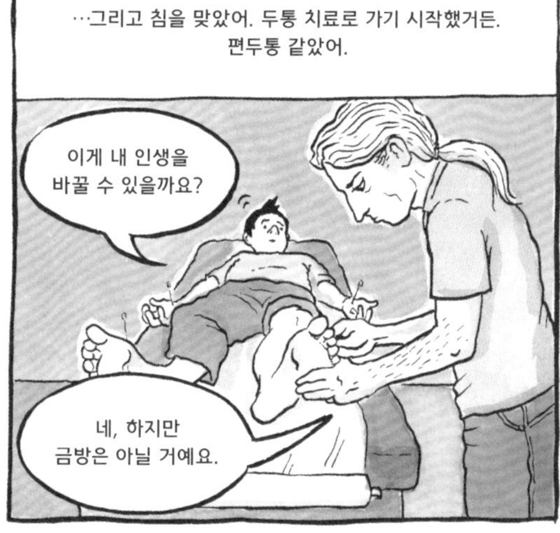
이게 내 인생을
바꿀 수 있을까요?
네, 하지만
금방은 아닐 거예요.

이 시기에 나는 감정과 육체가 연결되어 있다는 사실을
당연하게 받아들였기 때문에 이렇게 여러 방면으로
접근하는 편이 현명하다고 생각했어.

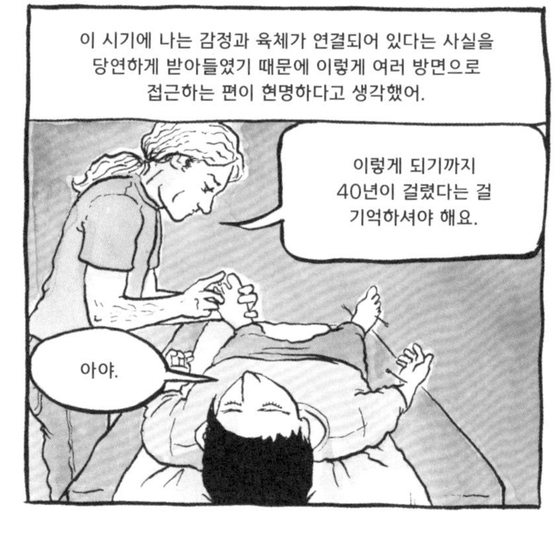
이렇게 되기까지
40년이 걸렸다는 걸
기억하셔야 해요.
아야.

다시 한번 결연한 마음으로 명상에 도전했어. 꼭 해야 할 일
같았어. 이 신비스러운 길을 진지하게 고려한다면 말이지.

샴발라 ★
SHAMBHALA
INC.

★ Shambhala. 히말라야 오지에 있는 왕국으로 현인들이 늘 즐겁고 행복하게 살 수 있는 땅. 명상 속에서 그 진정한 모습이 보인다는 전설 속 낙원을 뜻함.

불교에는 길에 관한 얘기가 많아. 깨달음으로 이르는
팔정도*. 보살*의 길.

*보살*은 중생이 탄생과 죽음, 윤회의 순환에서 해방될 수
있게 도와주는 구도자야.
먼저 에고를
좀 어떻게 해야 해요.
제 고통의 근간이에요.

*보리**는 붓다와 같은 어원이야.
'*깨닫다*'라는 뜻이지.
게다가 이제 곧 마흔이 돼요.
내가 죽는다는 사실을 받아들여야 한다고요.
우선 좀
앉아 있어 볼까요.

로저는 내 절박함을 이해하지 못하는 것 같았어.

하지만 이런 얘기를 할 수 있는 누군가 있다는 게 안도가 됐지.
문제는 제가 윤회를 사랑한다는 거예요!
왁자지껄, 북적북적…시끌벅적한 삶이요!
야단법석한 삶 말이죠.
네, 네, 압니다.

로저는 초감 트룽파가
쓴 책을 숙제로 내줬어.
티베트 출신으로
70년대에 샴발라
단체를 세운 사람이지.
내가 몇 년 전에
도망쳤던 리트릿
센터도 그가 세운 곳 중
하나야.

- 팔정도(八正道). 깨달음과 열반으로 이끄는 올바른 여덟 가지 길.
- 산스크리트어의 '보디사트바(bodhisattva)'를 음역한 보리살타의 준말로 우리말로는 흔히 보살이라고 함.
- 산스크리트어의 보디(Bodhi)를 음역하여 우리말로 흔히 보리라고 함. 불도를 닦아 부처의 지위에 이르는 길을 말함.

이때쯤 나는 트룽파의 부적절한 성행위와 약물 사용 사실을 접했지. 40대에 죽을 때까지 술을 마셨다는 사실도. 이런 행위들을 했는데도 어떻게 그가 여전히 추앙받을 수 있는지 이해가 안 됐어.

붓다로
향하는 마음

나도 완벽하진 않지. 그 길을 향해 앞으로 나가는 만큼 뒷걸음질을 치는걸. 깨달음을 얻지 못한 채 마흔이 됐어.

생일 풍선

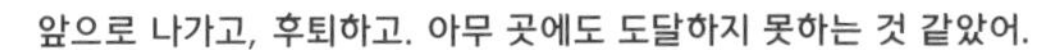
앞으로 나가고, 후퇴하고. 아무 곳에도 도달하지 못하는 것 같았어.

안장에서
일어나세요!

'스피닝'이라는 새로운 열풍은 아날로그 자전거와 달리 시간과 돈을 낭비하지 않고, 실제 풍경도 스쳐 지나갈 필요 없이 운동에 집중할 수 있게 해 줬어.

머지않아 나는 스피닝의 동료애를 던져 버리고 집에서 자전거를 탔지. 집중도가 더 높았어!

RRRR
STRATHMORE
BRISTOL

로저를 세 번째 만났을 때, 고백했어.

다른 사람들하고
앉아 있는 게 싫어요.
다들 잘하는데,
나만 그렇지 않거든요.

그렇다면
다음 단계는 바로 그겁니다.
그룹 명상을 해 보세요.
그날 이후 다시 가지 않았어. 지금까지도.

다른 사람들! 지긋지긋해. 모두 함께 어울려
지낸들 무슨 희망이 있겠어…
승패는 플로리다주에 달렸습니다.*
ELECTION 2000
242 242

…일대일 관계도 이렇게 힘든데?
침 맞으러 다니고 심리 치료도 하면서 에이미랑 커플 상담도
받았어. 다른 이들에게 끌리는 내 감정에서
다른 문제들로 넘어갔어.
통근이 너무 힘들어요.
시내에 살고 싶어요.
저는…
저는 시내에 살면
죽을지도 몰라요.

끊임없이 치료받으며 적어도
더 많은 문제에 봉착하지 않았지. 초가을에 우리는
메인으로 짧은 휴가를 떠났어.
세 번째 컴퓨터
나는 휴가를 잘 인정하지 않았어. 그건 자기 직업을 싫어하는
사람들이나 가는 거야. 나는 내 일을 사랑했어!
메인까지 일을 가져갔지.

길을 떠나고 나서 에이미의 아버지가 돌아가실 수도
있다는 걸 알았어. 에이미의 아버지는 알츠하이머병을
앓았고 에이미의 언니와 계셨어. 우리는 아버지가
돌아가실 참이라는 걸 알게 됐어.
LOBSTER
Phone

휴가 기간을 줄이고 다음 날 가족이 장례식을 위해
모인 뉴욕 로체스터까지 운전해서 갔어.
새 도로 주행용 자전거.
에이미가 비용의 절반을 내줌.

● 2000년 미국 대통령 선거에서 조지 부시(공화당)와 앨 고어(민주당)가 각축전을 벌이다 플로리다 주 선거인단의 표 차이로 조지 부시가 대통령이 됨.

메인 프리포트에 잠깐 들르자고 에이미를 설득했어.
엘엘빈 아웃렛이 있다고 잘 알려진 곳이거든.
(마침 내 생일이었어.)

서두를게!
SALE
20%

하지만 실제로 방문한 곳은 엘엘빈을 대체하고
내 욕망 속에 새롭게 들어선 성전이었어.

patagonia
OUTLET
9
효과음:
천상의 합창

파타고니아 아웃렛에 대해 들어보기만 했지.
그 당시 파타고니아 물건은 할인 판매를 하는 일이 거의 없었어.
할인된 가격으로 사려면 이곳을 들러야만 했어.

60불!

새로운 옷을 입자마다 딱 맞는 느낌이 들 때는 살면서 아주
흔치 않았어. 마치 내 몸에 맞춘 듯, 이미 여러 해 입었던 듯.

ZZZP

이 죽여주는 까만색 플리스 카디건이 그랬어.

보스톤 교외의 어느 추운 호텔 방에서 그 카디건을 입으니
따뜻함을 넘어 깊은 안전함까지 느꼈어.

우리는 에이미의 아버지가
돌아가신 걸 알게 됐어.

에이미의 아버지를 잘 알지는 못했지만 내게 항상 친절하셨지.
내 생일에 누가 죽는 게 이상했어.

이제 그 카디건은 상복처럼 느껴졌어.

그 느낌은 다음 날 아침 더 강해졌어.
세계 무역 센터를 겨냥한 비행기 두 대가 여기서 멀지 않은 로간 공항에서 이륙했다더군.
떨어지는 몸들은 그 초현실적인 장면을 너무도 현실적으로 만들었어.
다른 방법보다 죽음을 선택하는 사람들. 최악의 도약을 위한 결정을 내리면서 그들은 어떤 심정이었을까?
BREAKING NEWS
CNN
AQUA FINA
나는 그 후로 파타고니아 카디건을 10년간 거의 매일 입게 돼.
처음에는 애착 이불 같았고, 끝날 것 같지 않은 전쟁이 시작되면서는 작업용 유니폼이 되었어.
두 주는 만화 연재, 두 주는 아빠에 관한 책. 이렇게 번갈아가며 작업을 하기로 했지.
두 주는 밖을 내다보며 세상에서 벌어지는 일들을 이해해 보려 하고.
두 주는 안을 들여다보며 우리 가족 내 일어났던 일들을 이해해 보려 했어.

죽는다는 사실을
직시하고 싶었어.
그때 내가 행복했냐고?

아니, 그렇지 않았어.

바깥 세계도 내부도
나를 불안하게 했고
그 두 세계가 똑같은
심리 법칙에 따라
작동한다는 걸
깨닫는 건 편치 않았어.

특히, '투사'라고 하는 현상에 사로잡혔지. 내부와 외부, 자기와 타자의 알 수 없는 혼돈.

이런 국가들과 한 패인 테러리스트는
악의 축입니다. 이들은 무장한 채 세계의
평화를 위협합니다.

무거운 것을 들면 긴장감이
조금은 해소됐어. 그게 나 자신이
됐든, 철판이 됐든.

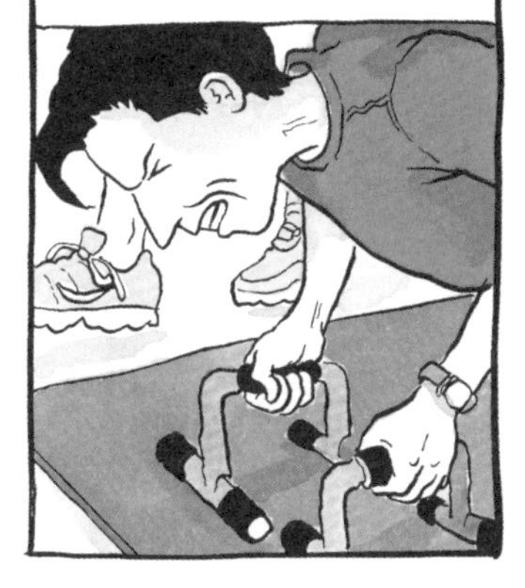

헬스장에 갔다 온 날은 보통 바로 잠에 곯아떨어졌지만, 운동할 시간이 일주일에
한 번밖에 없었어. 다른 날은 친구와 자전거를 타러 가서 타이어에 구멍이 나면
어떻게 고칠지 머릿속으로 계속 상상하면서 잠들었어…

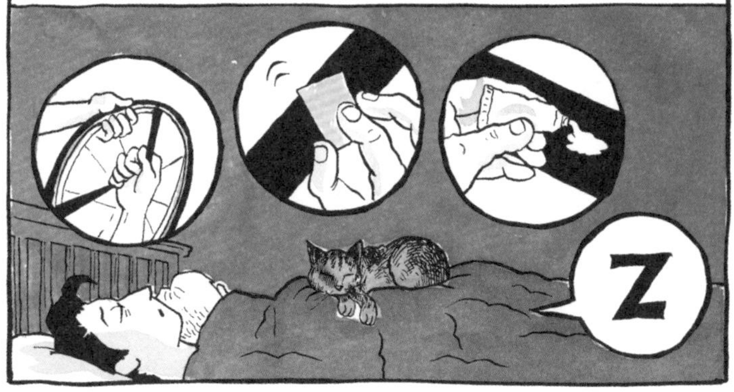
Z

…한동안 내가 한 일 중 유일하게 건설적인 일이라고
할 수 있지. 두세 달 후에 이 연상법이 주는
편안함은 사라졌지만.

불안감에도 불구하고, 아빠에 관한 책에 여느 때와
다르게 깊이 집중할 수 있었어.

애도의 표시로 한동안
머리를 자르지 않음.
SWANN'S WAY
스완네
집 쪽으로

해야 할 일이 많은 만큼 운동도 고강도로 했어. 한 번 할 때마다 지쳐 나가떨어질 만큼.

시간이 관건이었어.

심박계를 차고
운동하면서
분당 최대 심박 수를
적어도 몇 초 동안
유지했어.

최대치가 가까워지면 너무 심하게 밀어붙인 나머지,
쉬는 동안 숨을 다시 쉴 수가 없어 숨이 막혔어.

어떤 때는 심박계를 찬 상태에서 심박수가 계속 빨라졌어.
실신할 것 같은 상태에서 숫자가 200대까지
올라가는 걸 신기해하며 관찰했지.

순전히 의지의 힘만으로 그림 그리는 속도를
낼 수 없다는 게 답답했어. 내가 작업하는 방식은
해가 갈수록 더 손이 많이 갔지…

BEEP
BEEP 삐삐삐
BEEP
첫 번째
디지털카메라.

…이제는 밑그림을 여러 겹 그려. 어렸을 때 그리던
그림과 정반대야. 그때는 볼펜으로 자유롭고
느슨하게 그림을 그렸지.

내가 그리는 만화.

그 시기의 나는 잔뜩 격앙된 상태였어.
'쉰다'는 생각만으로도 예민하게 곤두섰지.
우리는 앉아서 얘기도 안 하네.
앉아서 얘기를 한다고??!!
저녁에 일하기 위해 거실에 작업대를 놓음

할 수 있을 때까지 일했어. 그리고 급제동을 거는 방법으로 자기 전에 술을 마셨어.
COMFORT DRINKS
LOCH LOMOND
이라크 침공 준비 기간에 로즈 채스트●의 만화가 나왔어. '주거 안전'에 '바닐라 푸딩 1/2컵, 진 120ml'이 필요하다는 내용이었지.

쉬고 싶지 않았어. 그저 차단하고 싶었어. 아무것도 느끼지 않게. 이제는 알아.
이런 것들이 내 다루기 힘든 '애착' 문제와 무관하지 않다는 사실을.
붓다는 두 가지 충동을 언급해.
'존재와 부재를 향한 갈망'.
타자와의 연결을 통해서든, 자기를 없애서든 잠시라도 자아가 굳건하다고 느끼고픈 욕망.
여러 겹으로 정체를 숨겨 이메일로 썸 타기.

바로 그 때문에 여덟 가지 길을 걸어야 하는 거야.
그 어려운 길을…
(언젠가부터 옥사제팜이라고 불리는 항불안 수면제와 스카치위스키를 섞기 시작했어.)
The Nation
FOUR MORE YEARS
Patagonia
WINTER 2004
…날카로운 칼날처럼. 칼날은 결국엔 자아가 텅 비었다는 걸 드러낼 거야.

● 로즈 채스트의 본명은 로잘린 채스트(Rosalind Chast). 「뉴요커」 소속 만화가.

잭 케루악은 초감 트룽파처럼
여덟 가지 길에 대해 알면서도
40대에 죽을 때까지 술을
마셨어.

케루악의 중독과 성적 충동에
비하면 내 음주습관과
한눈팔기는 보잘것없지.
하지만 어쩌면 우리는 그렇게
다르지 않은지도 몰라.

나처럼, 잭도 YMCA에서 운동했어.
잘하고 있어.
아주 쇠약해지기 전에.
HORACE MANN

또, 나처럼 자기 인생에 관해 써야 한다고 느꼈지.
전집이 될 거야!
제목은 '둘루즈의 전설!'
HORACE

어쩌면 우리 둘 다 가톨릭 집안에서 자랐기 때문인지도 몰라.
고백해야 한다는 의무감이 핏속에 흐르거든.
나는 나빠.
맞아, 형.

하지만, 나랑 다르게 잭은 심리 치료를 받지 않았지.
여기에 여자들
데리고 오지 마라.
알겠습니다,
어마마마.

어머니와의 문제를 들여다봤다면 그렇게까지 심하게
자기 파괴적이지는 않았을 거야.
그 긴즈버그인가 하는 놈팡이도.
안 좋은 애야, 얘야!
치이익
PFT

케루악은 자유로움과 마음의 해방에 관해 감동적인 글을 썼지만, 그 자신은 현실의 삶에서 해방되지 못했어.
방황, '여자들', 폭음. 어머니에게 여전히 정신적으로 속박됐지.
책은 '성공으로 망할' 거였어.
프로이트가 특이한 현상이라고 부른 셀프 사보타주.
자신이 원하는 걸 얻은 후 생기는 자기 방해.

대부분의 사람들은 부모와
대면하기 힘들어서
자기가 원하는 걸 얻고자
하지도 않아.

나는 나대로 '성공'의
어려움이 있었어. 아빠에
관한 책을 큰 출판사와
계약했는데도 일의 진행
속도가 여전히 더뎠거든.

기쁨의 순간은 잠깐뿐이었고, 며칠 동안 불안하고 떨렸어.
엄마 반응은 당연하게도 더 모호했어.
『가위 들고 달리기』* 회고록을 쓴
남자의 가족이 그를 고소했대.
회고록에서 거짓말했다고.
그래요.

케루악은 『길 위에서』를 테이프로 이어 붙인 긴 두루마리 종이에 3주 동안 폭발하듯 써낸 것으로 유명해.
1951년이었어. 이후 5년간 여러 출판사에서 퇴짜 맞았지.
RN
PAC IFIC
20 086
벌처럼 자유롭네.
『다르마 행려』를 쓸 때까지
여전히 계약하지 못했다고 해.
그때가 황금기였어. 도로시, 윌리엄, 콜리지가
흩어지기 전에 『서정 가요집』에서 공유했던 황금기처럼.

● 『가위 들고 달리기』의 원제는 『Running with Scissors』. 숙어로 무모하게 행동한다는 뜻임.

이듬해 『길 위에서』가 출판되고 악평을 받자 잭은 술로 더 망가졌어.

그래도 그는 여전히 강했지.

『다르마 행려』는 1956년 여름에 끝맺어. 잭은 캐스케이드 숲,
2km 높이의 데졸레이션 피크에서 화재 감시원으로 지냈어.

건너편 호조민산이 계절 내내 어렴풋이 어른거렸어.

잭은 고독 속에서 보낸 두 달 동안 몸을 해독해.

날씨, 태양, 달, 동물들을 관찰했지.
자아는 더없이 행복하게 희미해졌고.

'즉흥적 산문의 필수 요건'에서 잭은 작가들에게 재즈 음악가처럼
주제를 '날려 버리라'고 해. 적합한 단어를 찾느라 멈추지 말고,
고치지 말고, 맞춤법도 보지 말고…

…'무아지경에 반쯤' 빠진 상태에서 '흥분한 채로, 날아가듯이'
'오르가슴의 법칙'에 따라 쓰는 것.

호조민, 호조민,
가장 슬픈 산이로구나.

잭의 즉흥 쓰기법을 내가 얼마나 열망했는지 몰라.

각성제로 생긴 혈전을
없애기 위해 물구나무서기를 함.

초월적이지도 않고 꼬장꼬장한 나만의 방식으로 책을
계속 작업해 나갔지. 끝마치기까지 2년이 더 걸렸어.

마감이 있으니 점점 더 집 밖을 나가지 않았어.
에이미는 혼자 휴가를 갔고.

닭들이 온 천지에 있어.
기묘해.
키 웨스트●에서
전화함

둘이 함께 집에 있어도 나는 에이미가 자러 간 뒤 늦게까지
그림을 그렸고, 에이미는 내가 일어나기 전에 출근했어.

부엌 선반 위에 놓인
공책으로 소통했지.

우리 사이의 균열은 점점 커졌어.

자세 하나만
해 주면 안 돼?
지금은 싫어.
브라우니, 큰일 하고 있네요!

케루악도 물론 '즉흥적 산문의 필수 요건'에서 자신이 그렇게 열광적으로 얘기한 몰입의 상태를 열망했어.
콜리지도 그 몰입의 순간을 위해 약물에 점점 더 의존했지.

적어도 나는 글을 쓰기 위해 마시지는 않았어.
그 선을 넘지는 않았지.
(하지만 옥사제팜 캡슐을 여는 데 더 능숙해졌어.
오랫동안 먹으려고 반씩 아껴 먹었지.)
Patagonia

● Key West. 미국 플로리다주의 남부 먼로카운티에 있는 도시.

책을 완성할 무렵 일에 파묻혀 완전히 소진됐어.
스트레스가 있었지만 축복이었지.
ROBERTS SWORN IN AS CHIEF JUSTICE
막 완성한 페이지를 넘기며 잠이 들었어. 밤에 깨어나면
앞으로 그릴 그림들을 마음속으로 그렸지.
WATER FRONT VIDEO
어린 시절 포스터를
다시 그리는 중.
『길 위에서』가 성공하자, 출판사는 잭에게 후속편을 쓰라고 재촉했어.
1957년 11월, 위스키와 약물에 힘입어 『다르마 행려』를 긴 종이에
써 내려가기 시작했지.
잭은 어머니가 아침 식사를 하라고 부를 때까지
밤을 꼬박 새우며 집필하곤 했어.
잭은 12월 7일 자정에 집필을 끝냈어. 『절정의 시인들』을 쓴 존 수터에 따르면 잭은
너무 소진된 나머지 12월 8일이 붓다의 깨달음을 기념하는 날이라는 사실을 놓쳤대.
나 역시 우연히 택배 마감 바로 전인
12월 6일에 완성된 원고를 보냈어.
LATES DROPOF 7PM
KLIK
딸각
분명히 뭔가를 지나오긴 했는데 깨달음의
상태에선 멀었지.
FedEx
이제
뭘 하지?

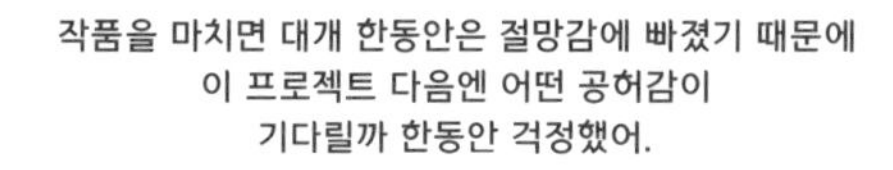
작품을 마치면 대개 한동안은 절망감에 빠졌기 때문에
이 프로젝트 다음엔 어떤 공허감이
기다릴까 한동안 걱정했어.

신경쇠약
겪는 거 아니야?
FedEx

에이미와 헤어질 거라는 생각은 못 했어.
내가 원하는 건
너랑 같이
있는 거였어.
그런데 너는
그 자리에 없잖아.

우리가 결정을 짓자 이별은 빨리 이뤄졌어.
에이미는 마침내 시내에 살게 됐지. 내가 원하기만 하면
집 전체를 일하는 공간으로 바꿀 수도 있었어.

이 합판 위층에 올리는 거
도와줄 수 있어?
사실, 에이미가 이사 나가기
전부터 그렇게 바꿨지.
버몬트 미술전에
아주 큰 작품을 출품하고 싶었어.

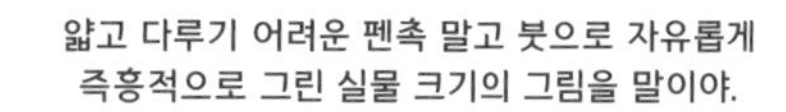
얇고 다루기 어려운 펜촉 말고 붓으로 자유롭게
즉흥적으로 그린 실물 크기의 그림을 말이야.

에이미의 새집 계약이 확정되고 바로 내 책이 출간됐어.
직업적 성공과 개인적 실패가 거래되는 메피스토펠레스
계약이 유효한 게 분명했어.

심리 치료사는 나 스스로에 대해 못마땅한 점들을
에이미에게 투사하지 말아야 한다고 경고했어.
슬픔을 느껴야 할 거에요.

하지만 나는 감정을 느끼기에 너무 바빴어. 우리가 함께 썼던
물건을 나누기 시작할 때 출간 홍보가 시작됐거든.
거 참. 「피플」 잡지에서 사진 찍으러 내일 온다네.
쿠진아트 착즙기는?
가져가.

엄마는 내가 에이미랑 헤어지는 걸 당연하게 받아들였어. 내가 혼자이길 바랐는지.
게다가 언론의 관심을 진심으로 기뻐하며 대리만족하는 듯했어.
「엔터테인먼트 위클리」에 실릴 사진 찍으라고 뉴욕 보내 준대요.
「엔터테인먼트 위클리」 라고?!
엄마는 얼마 전 받은 대장내시경 검사에서
폴립이 발견됐어.
ENRON

내가 출간 행사를 다니는 동안 수술해서 떼어 낼 참이었지.
너 없어도 돼. 밥*이 데려갈 거야.
그래. 끊어라. 수영하러 가야 해.
SAVOY THEATER
kitchen stuff
* 엄마 남자친구

아주 걱정하진 않았어. 엄마가 나보다 몸 상태가
더 나아 보였거든. 나는 길을 떠났어.
내가 없는 동안
고양이랑 있음.

2주 동안 국내 여기저기 비행기를 타고 돌아다녔어.
낭독. 인터뷰. 고급스러운 호텔들. 출장 중 내 책을
극찬한 「타임스」의 서평을 받았지.

감당하기 벅찼어.

그렇다고 거기서 멈출 내가 아니었지.
이메일로 썸 타던 여성과 실제로 만났어.

523

죄책감을 좀 느꼈어. 엄마는 수술을 앞두고 에이미는
고양이랑 집에 혼자 있는데, 혼자 록스타처럼 신나게
여기저기 돌아다니며 즐기다니.

이라크 내
군사 작전
OPERATIONS IN IRAQ
호텔 헬스장에서
약간 속죄했지…

…부모님 두 분 모두에게 경외의 대상이던 '작가'로
환골탈태하면서 도시에서 도시로 돌진해 나갔어.

모든 걸 돌아볼 순간이 없었어. 마지막 낭독을 마치고 집으로 운전해 올 때까지 말이야.
약간 기세등등했지. 말하자면 조지프 캠벨 식으로, 아버지에게 한 방 날린 거야!

이거였나? 초인적 힘의 비밀이?
라디오에서 나오는 쇼팽 피아노
협주곡 1악장의 멋진 피날레.

탐구의 끝은 뭘까, 다른 탐구의 시작?
돌아온 다음 날 엄마한테 전화했어.
조직 검사 결과를 받았는지.
대장암 3기야.
며칠 전에 알았는데 네가 출간
홍보하고 다니는 데 방해가 되는 건
원치 않았다.
이제 내가 엄마마저 죽이고 있는 게 아닐까 싶었어.
기…기분 어때요?
그렇게 물을 줄 알았어!
얘기하고 싶지 않아.
내 스타일이 아니야!
(떠나기 전에 그린 그림.)
fun ski
fun ski
adidas
부모를 뛰어넘는 방법에는
두 가지가 있어.
SUMI
INK
하나는 부모님이 원하는 걸 이루는 거.
다른 하나는 좀 더 쉬워. 그냥 더 오래 사는 거야.

엄마가 항암 치료를 받으며 고생하는 동안 나는 더 많이 돌아다녀야 했어. 애틀랜타, 오스틴, 파리, 토론토.
이들 여행은 지구력이 있어야 하는 운동 같았어. 다음, 더 어려운 관문을 위해 나를 단련시키는.
(불어로) 발을 땅에 단단히 고정하세요.
요가는 다행히도 어디를 가나 같았어.

내 인생이 확장될수록 엄마 인생은 축소됐어.
그해 연말 엄마와 함께 시간을 보냈는데,
그렇게 약해진 엄마를 보니 낯설었어.
쇠약하다가 뭔 말이지?

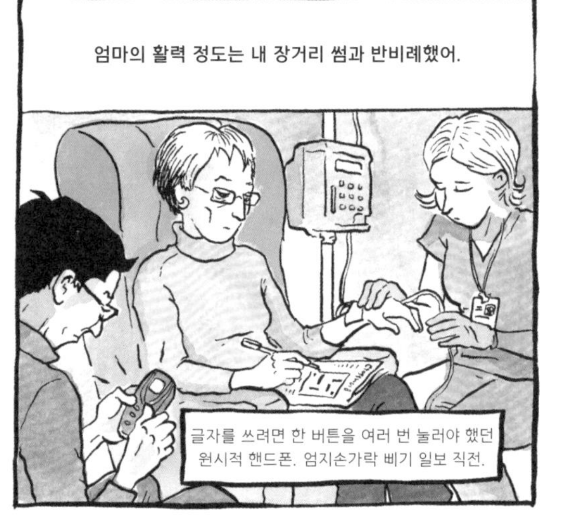
엄마의 활력 정도는 내 장거리 썸과 반비례했어.
글자를 쓰려면 한 버튼을 여러 번 눌러야 했던 원시적 핸드폰. 엄지손가락 삐기 일보 직전.

새로운 책을 시작했어. 당시에는 '관계'에 관한 책이라고 여겼어.
내가 처음으로 맺은 관계를 연구하는 게 타당해 보였지.
밥은 내게 예후를 알려 줬어. 2년 반. 엄마와 밥은 사이가 좋았지.
그래선지 엄마는 남은 날을 알고 싶어 하지 않았어.
BABIES and Their MOTHERS
D.W. WINNICOTT
아기와 어머니 / 위니캇*

● 벡델은 도날드 우즈 위니캇(Donald Woods Winnicott)의 저작들을 어머니와의 관계를 다룬 자신의 작품 『당신 엄마 맞아?』에 인용한 바 있음.

엄마와 밥, 의사를 만난 뒤 버몬트로 돌아가려고 차에 탔어.
떠나는 차 안에 있는 엄마와 밥의 모습을 봤어.
엄마는 허공을 응시하고 있었어.

집에 돌아온 지 얼마 되지 않아 내 늙은 고양이가 죽었어.
울고불고 통곡하며 집 안을 돌아다녔어. 집안 곳곳에서
고양이의 빈자리를 느낄 수 있었어.

반려동물에게
우리가 느끼는 슬픔은
인간관계로 겪는 감정과 달리
모호함으로 혼탁해지지 않아.

고양이뿐만 아니라
고양이와 함께한
18년의 세월도 애도했지.

삼사십 대의 대부분이
지나갔다는 사실에 반박의
여지가 없었어.

이제 묘하게도 무엇에 얽매이지 않은 채 출장, 엄마 집,
랜선 여자친구와의 밀회를 오갔어.

…국토 안보부가 국가 안보 위협 단계를
오렌지색으로 격상시켰습니다.
블로그 보기

내 유일한 닻은 만화였어. 공항이나 호텔에서도 그려 댔지. 생리를 건너뛸 땐 그저 스트레스 탓이라고 여겼어.

본인이 만화가보다
작가에 가깝다고 생각하시나요?
그렇게 성공한 책을
어떻게 넘어서죠?
EXIT

화학 요법을 시작하고 이듬해 엄마는 되살아났어. 엄마는 기분이 너무 좋은 나머지 자전거를 샀어.
자전거 산 지 2주 후 병원에 입원했지. 뇌진탕이었고, 골반에 머리카락 같은 금이 갔대.
브레이크를 어떻게 밟는지 잊었지 뭐냐.
신경과 전문의가 뇌는 괜찮아 보인대!
London Review OF BOOKS
엄마가 무슨 무적이에요!
엄마가 기뻐하고 있다는 걸 알 수 있었어.
별로였던 내 강연에도 불구하고, 나도 기뻤어.

장거리 연애가 끝나면서 여행도 잦아들었어.
관계에 관한 책을 쓰는 일만 남았지.
HUMANE SOCIETY

깊은 슬픔을 느꼈어. 심리 치료를 일주일에 두 번씩 받기 시작했어. 어차피 시내에 가는 길이라 운동도 두 배로 했지. 신체적으로 강해졌어…
…하지만 내 에고도 덩달아 강해짐을 체감했지.

불교에서 말하는 에고 말고, 심리학에서 말하는 에고 말이야. 이상하게도 심리학에서 말하는 에고의 힘은 불교에서 말하는, 에고의 힘이 약해지는 상태와 맞닿았어. 세상과 덜 방어적이고, 더 융통성 있는 관계를 맺었어.
확실히 짚고 넘어가 볼게요. 완벽과 무가치 사이에 선택 사항이 있다고요?!
그렇고 말고요.

한 해 중 가장 어두운 시기인 동지 직전, 상태가 조금씩 나아지기 시작했어.

그다음 주에 몇 년 전 자전거 중고 거래에서 봤던 여자를 다시 마주쳤어. 홀리. 우리는 친밀한 대화를 오랫동안 나눴지. 신기했어.
요즘은 관계에 관한 책을 쓰고 있어요.
Meat

레즈비언 폴리아모리 관계에 대해 써 봐요!
UNIVERSE of YOGURT

끌렸어. 모노가미가 그닥 잘 작동하고 있지 않다는 건 신도 아는 사실이잖아.
폴리아모리?
네!
어떻게 하는 거죠? 인터뷰해도 돼요?
그럼요!
RUTA-BAGA ROUNDS
ROOTIE TOOTIES
CHARRED CHARD
KALE Chaw

약속을 정하기 전에 YMCA에서 다시 마주쳤어.

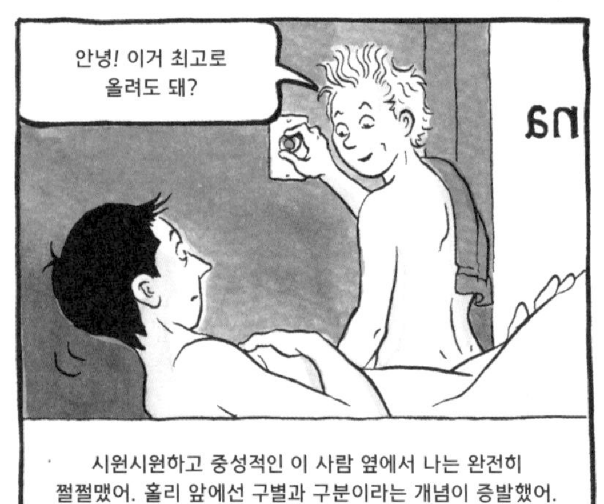
안녕! 이거 최고로 올려도 돼?
시원시원하고 중성적인 이 사람 옆에서 나는 완전히 쩔쩔맸어. 홀리 앞에선 구별과 구분이라는 개념이 증발했어. 마치 그녀가 실로시빈인 것처럼.

나는 여러 명의 여자친구를 두는 덴 관심이 없었어. 하지만 내 첫 번째 주요 관계가 일이라는 걸 수긍할 수 있다면 어떨까?
구엔이랑 오래 만났어. 하지만 그 애한테는 다른 파트너들이 또 있지.
흠.

홀리는 버몬트에서 자랐고, 심지어 어렸을 때 우리 할아버지처럼 염소도 쳤대. 내가 좋아하는 야외 운동은 모두 했고, 다른 운동까지 했어.
홀리 옆에 있을 땐 자유롭고, 신나고, 아주 흐트러졌어. 자전거를 처음 같이 타러 갔을 때…
…부주의하게 앉는 자리에 재킷을 묶었지.
…절대로 그래선 안 된다는 걸 알면서도.
묶었던 재킷이 가파른 내리막에서 풀어지며 자전거 바큇살을 감았어.

기적적으로 넘어지지는 않았어. 홀리는 이 작은 사고의 원인이었을까, 구원자였을까? 상관없었어. 삶은 이제 변했지.

미끄러지기 시작하는 걸 봤을 때 넘어지지 않는 모습을 머릿속으로 그렸어.

홀리는 독학한 화가였어. 홀리의 창의성이 뿜어내는 즉흥성과 기쁨에 질투가 났어.
집에서 쓰는 페인트 붓으로 완벽한 엔소*를 그림

관계 혹은 '자기와 타자'에 관한 책을 꾸역꾸역 작업해 나갔어. 창작이 원활히 진행되지 않아 멈추는 이 상태가 계속 고통을 유발했어. 매일 점점 더 갈피를 잡지 못했지.
다음 목요일에 구엔을 만나기로 했어.
알았어.
어쩌면 드디어 일을 좀 할 수 있겠군.
나의 또 다른 여자친구.
폴리아모리는 내가 계획한 대로 흘러가지 않았어.

● Enso. 선불교에서 그리는 원. 순간의 표현으로써 그리는 사람의 품성이 나타난다고 믿기에 영혼과 정신이 완성된 사람만이 진정한 엔소를 그릴 수 있다고 믿음. 깨달음, 원기, 기품, 우주, 공허함 등을 상징함.

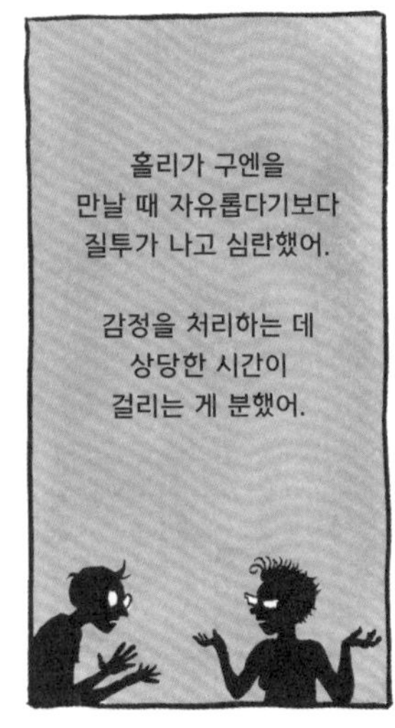
홀리가 구엔을
만날 때 자유롭다기보다
질투가 나고 심란했어.
감정을 처리하는 데
상당한 시간이
걸리는 게 분했어.

이 책에서 다룬 작가 모두가 나보다도 친밀감을 잘 다루지 못했다는 사실에 일종의 안도감을 느껴. 에머슨은 첫 번째 부인만큼 두 번째 부인을 사랑하지 않았어.
영혼은 결혼을 모른다오!
…영혼은 새로운 사고가 들어올 때 그것들과 결혼한다오!
왈도와 마거릿

리디안은 왈도의 '자립성'뿐 아니라, 왈도가 자신보다 더 어리고 똑똑한 여자들에게 한눈파는 것까지 견뎌야 했어.
그냥 그대로 받아들여요.
내 남편이 아니라 다행이야.
마거릿과 리디안

(리디안은 이를 풍자하면서 '초월적 성경'이라는 글을 썼어. 그 성경의 율법은 이런 식이었지. '지적이지 않은 사람을 경멸하고 그들의 말을 무시함으로써 그들이 경멸받는다고 느끼게 하라.')

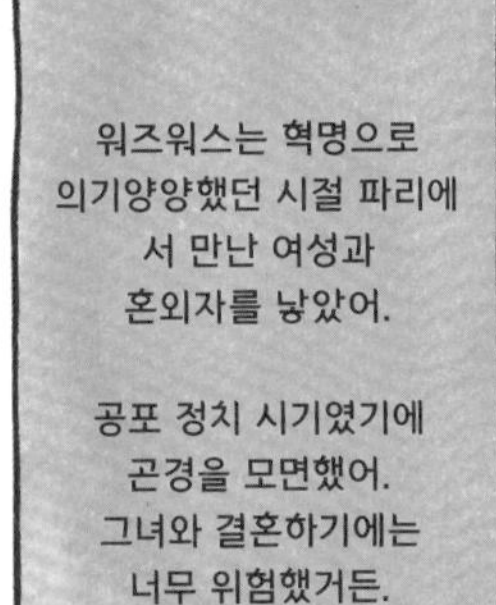
워즈워스는 혁명으로
의기양양했던 시절 파리에
서 만난 여성과
혼외자를 낳았어.
공포 정치 시기였기에
곤경을 모면했어.
그녀와 결혼하기에는
너무 위험했거든.

그 새벽녘이 살아 있을 때 축복이 있네…

결국 워즈워스는 동생과 아내 곁으로 돌아가 함께 살았어. 콜리지에 따르면 그 둘이 신줏단지 모시듯 윌리엄 워즈워스를 위해 모든 일을 했대.

물론 도로시 워즈워스는 친밀한 관계를
한 번도 맺지 않았어. 오빠를 제외하면.
오, 이런!
여기 오빠가 먹은 사과가 있네!
일기 날짜, 1802년 3월 4일 목요일.

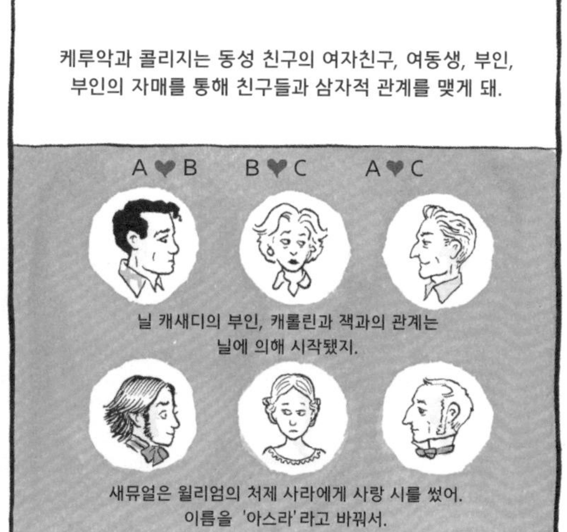
케루악과 콜리지는 동성 친구의 여자친구, 여동생, 부인,
부인의 자매를 통해 친구들과 삼자적 관계를 맺게 돼.
A❤B
B❤C
A❤C
닐 캐새디의 부인, 캐롤린과 잭과의 관계는
닐에 의해 시작됐지.
새뮤얼은 윌리엄의 처제 사라에게 사랑 시를 썼어.
이름을 '아스라'라고 바꿔서.

마거릿은 서른넷에
페미니스트 블록버스터
『19세기 여성』을 출간한 뒤
호러스 그릴리●가
창간한 「뉴욕 트리뷴」의
칼럼리스트로
일하기 위해
뉴욕으로 이사해.

거기서 그녀는 제임스 나단이라는 비열한 놈에게 빠지지.
그 시간 거기로 가서 마거릿이 정신 차리게끔 흔들고 싶어져.
그럼 그 여자는
누구예요?
그녀는 상처받은 여자야.
내가 개혁*하고 싶은.
✱ 해석: '그 여자는 내 애인이고 네가 나의
뉴펀들랜드를 돌보는 동안 나는 그녀와
유럽으로 갈 거야.'

결국, 마거릿은 기자 신분으로 유럽에 가. 로마에서 일어나는 공화당 혁명을 기사로
다루면서 자기보다 10살 연하인 남자를 만나…
시민군 경사
…그녀가 열망하던 아기를 가져. '강한 충동에 이끌려 행동했다.
마음속에 무슨 일이 일어났는지 분석할 수 없었다.'라고 나중에 적지.

마거릿은 결혼을
'부패한 사회 계약'
으로 봤기 때문에,
그 애인과 처음부터
결혼하진 않았어.

그러나 나중에 현실
적인 이유로 임신 중
비밀리에 결혼했지.

● 미국 언론사상 최고의 논설 기자로 평가받은 미국 언론인. 「뉴요커」의 편집 주간이었으며 「뉴욕 트리뷴」을 창간.

혁명이 실패했을 때, 마거릿은 파트너, 아기와 함께 미국으로 향하는 배에 올랐어.
왈도가 오지 말라고 충고한 편지를 놓쳤지.
다른 친구들처럼 왈도도 마거릿이 청교도들 때문에 고생할까 봐 걱정했어.
넝마주이들
마거릿이 탄 배는 파이어 아일랜드를 300m 정도 남겨 두고 폭풍에 좌초됐어.
마흔에 작은 가족과 함께 가라앉았지.

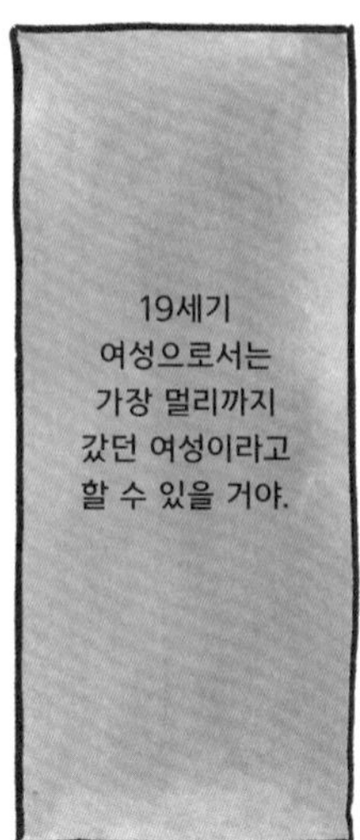
19세기 여성으로서는 가장 멀리까지 갔던 여성이라고 할 수 있을 거야.

내가 사는 집으로 홀리가 이사 들어오고 나서 구엔이 놀러 오기 시작했어.

구엔을 좋아하지 않기란 힘들었지. 재밌고 대담하고 아주 똑똑했어.

법대를 가지 않고도 변호사 시험을 통과해서 법률 상담 변호사가 됐대.

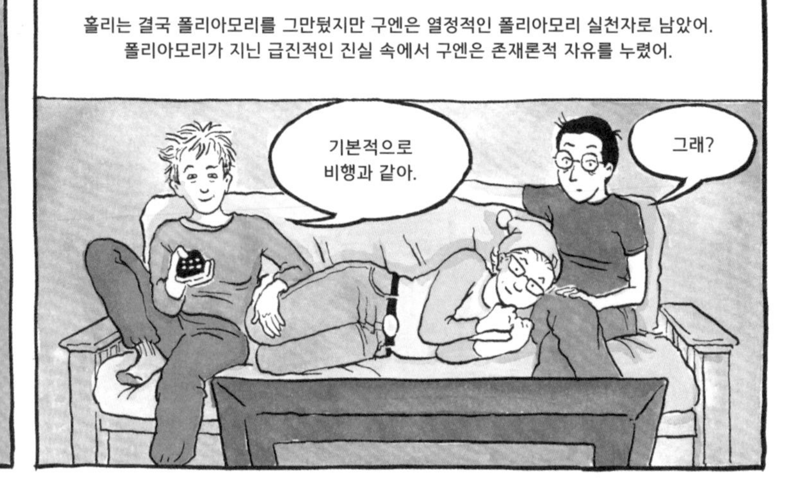
홀리는 결국 폴리아모리를 그만뒀지만 구엔은 열정적인 폴리아모리 실천자로 남았어.
폴리아모리가 지닌 급진적인 진실 속에서 구엔은 존재론적 자유를 누렸어.
기본적으로 비행과 같아.
그래?

구엔은 열정적인 패러글라이더이기도 했어. 열 상승풍을 이용해 산꼭대기에서 '날개' 펴는 걸 좋아했지.
위험하지 않아?
항상 비상 낙하산을 입어.

사고의 확장을 포용하고, 온 마음을 다해 도약해야 할 필요를 믿었어도, 실제 도약은 내게 전혀 매력적이지 않았어.

폴리아모리는 힘들었지만, 한편으론 그래서 좋았어.
감정을 다이어트 시키는 운동이었거든.
나한테 전화해도 된다고 했잖아.
나는 네가 나한테 전화하길 바랐어!

역기 들기와 반대 같다고나 할까. 목표는 내려놓는 거야.
에고를, 이원성을, 애착을. 이 모두를 놓는 거야.
정말로 필요한 게 뭐야?
…

한번은 홀리와 구엔 문제로 싸우다가 산책하러 나갔어.
여름밤, 뭔가 달라졌지. 내 질투심이 사그라든 거야.
나는 그냥… 자유로울 수 있어!
그래!
그 순간, 모든 게 하나였어!
비이원성의 반짝이는 축복!

하지만 이 관점을 일상에서 유지하긴 어려웠어.
우선, 어찌할 수 없는 한계가 내게 닥쳤지.
시간이라는 놈은 제한돼 있잖아.
코믹 연재, 책 집필, 새로 의뢰받은 일들을 따라가지 못했어.
CHANGE 변화
정치적 흐름이 바뀌자 코믹 연재를 끝내기에
좋은 시기로 보였지.

25년간 매달 잇달아 그리는 게 몸의 기능처럼
익숙해졌는데도 아쉽지 않았어.

공간이 부족해서 인라인스케이팅에 대한 열정을 다루지 않았는데
그 스포츠는 이상하게도 인기가 갑자기 치솟다가 곤두박질쳤어.

일에 너무 치여 사느라 이상하게 짜증이 나고
너무 자주 더워진다는 사실을 깨닫는 데도 오래 걸렸지.

내 말은
그 뜻이 아니라고!

어느 날 홀리는 친구들 사이에 회자되는 책을 내가
좋아할지도 모르겠다고 하더군.

The FERTILITY DIET
The WISDOM of Menopause
갱년기의 지혜
PREGS
NATURAL BIRTH

불임?! 아이를 가지고 싶은 생각이 눈곱만치도 없었던 걸
생각해 보면 혼란스럽다는 게 놀라웠지.
종점에 다다른 거야.

열감은 기억이 안 나네.
그치만 주치의가 에스트로겐을
먹으라고 했지.
Ma

갑작스러운 열감도
힘들었지만, 불면증과
오락가락하는 기분 변화로
미쳐 버릴 것만 같았어.
게다가 어깨까지
뭔가 단단히 잘못됐지.

10월 말이 되어 호르몬이나 항우울제를 구걸하려고 부인과에 거의 기어가다시피 했어.
그런데 다른 의사들과 다르게…

UTERUS/OVARIES
침 맞죠?
그거 먼저 해 봅시다.
…그 의사는 약을
쉽게 처방하지 않았어.

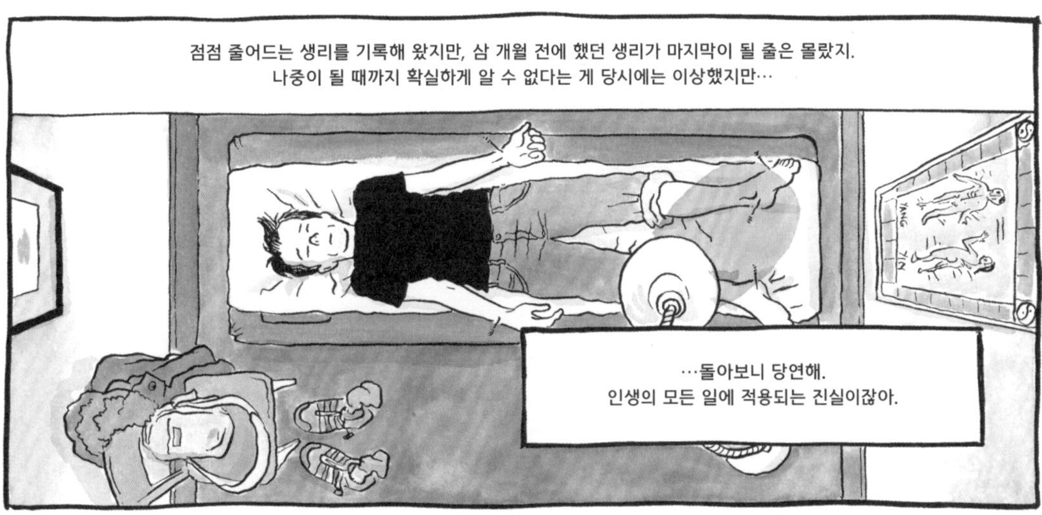
점점 줄어드는 생리를 기록해 왔지만, 삼 개월 전에 했던 생리가 마지막이 될 줄은 몰랐지.
나중이 될 때까지 확실하게 알 수 없다는 게 당시에는 이상했지만…
YANG
YIN
…돌아보니 당연해.
인생의 모든 일에 적용되는 진실이잖아.

뭐가 마지막이 될 지 모르는 일이야.
CITGO
SUBARU
LEGACY
DNX699
11월 1일 저녁, 홀리는 구엔이 죽었다는
전화를 받았어.
캘리포니아 오언스 밸리에서 열 상승풍의 변화로
구엔의 날개가 주저앉았어.
그날 밤 완벽한 보름달이 떴지.
우리는 걷고 또 걸었어.

우리는 봄에 송골매가 둥지를 트는
절벽까지 멀리 걸어갔어.
구엔은 높게 날고 있지 않아서
비상 낙하산이 쓸모없었대.
겨우 서른일곱이었어.
도시 전체가 충격에 휩싸였지.
성대하게 치러진 추도식에서 사람들은 비탄에
잠긴 채 구엔이 사랑하는 일을 하다가 죽었다는
사실을 애써 받아들였어.

에이드리안 리치는「초절기교 연습곡」에서 '초월 속으로 도약하는'
일이 현실에서 꼭 실행 가능한 건 아니라고 해.

'우리는 그렇게 살 수 없다.'고 쓰지.

'우리는 거장이 아니다…
이 영역에서 신동이란 없다.'

엄마의 죽음을 살피느라 지평선을 보는데
구엔이 맑고 파란 하늘에서 나타났어.

우리 모두가 겪을 일이지.

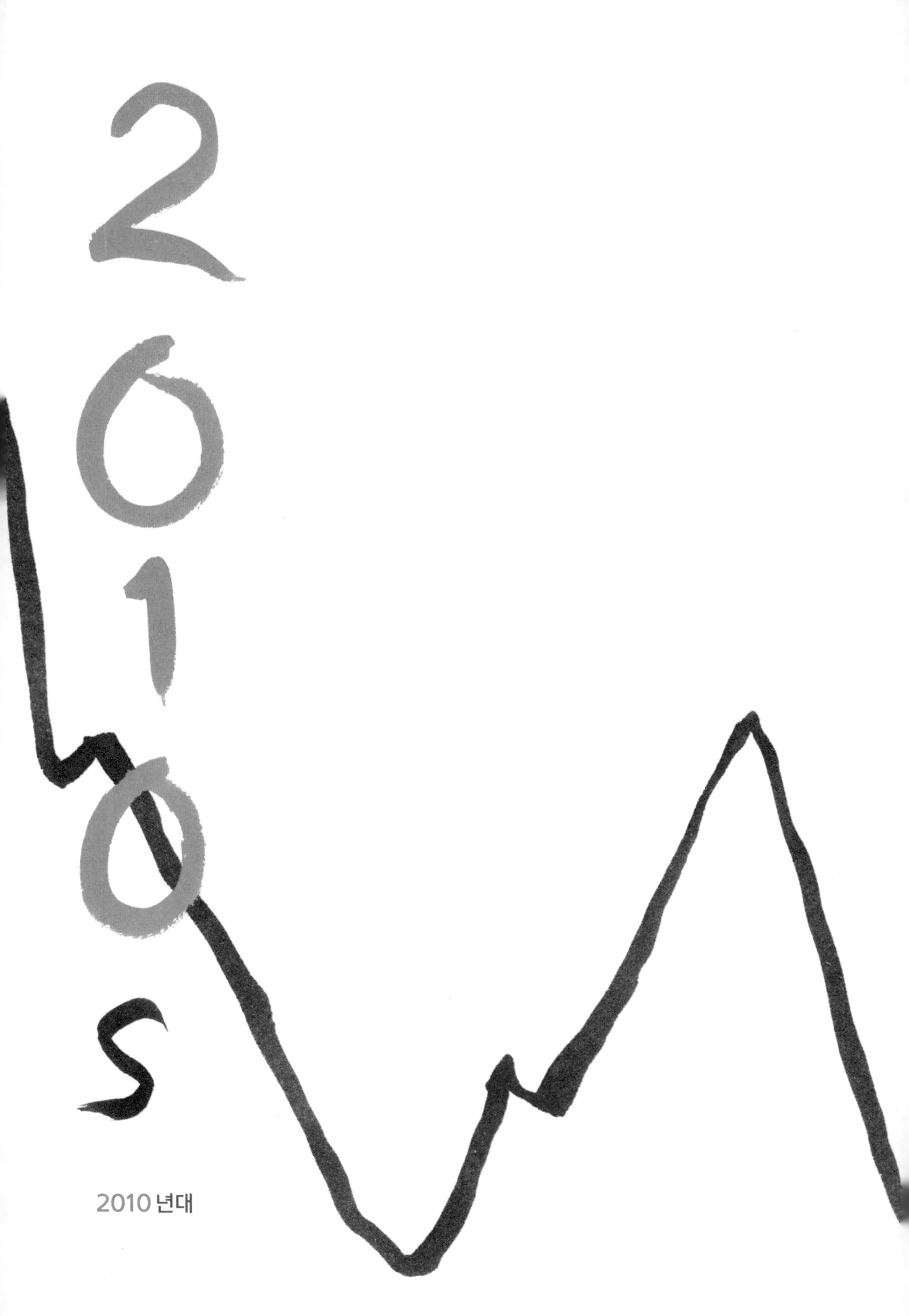

2010 년대

50s

50대

그해 겨울 어깨가 아파 의사를 찾아갔을 때
의사가 내린 진단은 내 삶 전체에 적용해도 될 것 같았어.
맞아요. 굳었군요.
할 수 있는 게 별로 없어요.
한두 해 지나고 나면
괜찮아질 거예요.
아닐 수도 있고요.

폐경 후 내 두뇌는 느려졌다가 아예 멈춰 버렸거든.
그 병명이 뭐더라?
사물들의 이름이 떠오르지 않는 걸
뭐라고 하더라?
그림 펜
헹구는 물.
Roget's THESAURUS
동의어 사전.

관계에 관한 책에서 막혔어. 구속복을 입고…
…꼭 관처럼 생긴 자동차
루프 박스에 갇혀서…
'옴'
…당밀 통에 거꾸로 매달려 있는 것 같았어.

이제껏 살아오며 나 스스로 옭아맨 제약들을 후디니*
처럼 탈출해 나가다 보니 점점 더 의문이 들더라고.

이 게임은 대체 레벨이 몇 단계나 있는 거야?
$%^&.
1월 말 어느 오후, 놓여나고 싶은 마음이 간절해서
언덕을 오르러 나갔어.

● 해리 후디니(Harry Houdini, 1874-1926). 헝가리계 미국인 마술사. 탈출 곡예로 잘 알려짐.

정신 차리고 보니 낯선 골짜기에 있었어.
하지만 곧 전에 와 봤던 곳이라는 걸 깨달았지. 반대 방향에서 보니 그냥 달라 보였을 뿐.
홈그라운드에서 위치를 찾고 또 찾고, 런던 택시 운전사처럼 해마가 확장되는 것 같았어…
…발자국이 없는 새로운 길을 따라 신경 세포에 불꽃이 튀는 걸.
해 질 무렵 집에 돌아와서는 책에 다른 방식으로 접근했어. 더 이상 '자기와 타자'나 '관계'에 대한 책이 아니었지.
바로 나와 엄마의 관계에 대한 책인 거야.
새로운 시각으로 작업에 임하면서 그 골짜기를 오르고 또 올랐어. 하루는 봄에 찾아온 해빙기에 작고 사랑스러운 폭포를 만났지.
다음 날 아침 정말 오랜만에 힘들여 쥐어짜지 않아도 생각이 곧바로 떠올랐어!

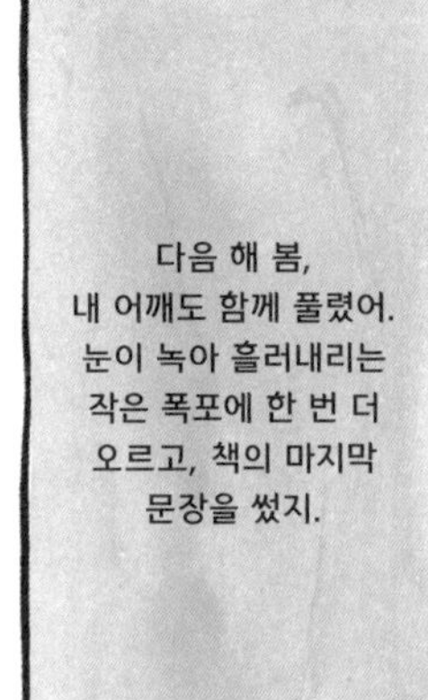
다음 해 봄,
내 어깨도 함께 풀렸어.
눈이 녹아 흘러내리는
작은 폭포에 한 번 더
오르고, 책의 마지막
문장을 썼지.

아직 끝나지 않았어. 그림을 그려 넣어야 되니까. 하지만 아빠 책을 쓸 때처럼 책 속으로 사라지진 않았어. 홀리가 가만두지 않았거든.
자, 스키 타러 가야지.

이 왁스 상자 정신없는 거 봐! 파란 통이 16개나 있네.

우리는 파란색 복이 많네!
언제나 긍정적인 홀리의 태도에 자주 짜증이 났어.

비판적일 여지가 필요해! 그게…그게 나라고!
그릴 수 있지.

나도 모르게 말도 안 되는 이유로 비참해질 권리를 들이대며 홀리와 말다툼하곤 했지.
그냥 **낙관**만 할 수 없어! 그건 **거짓**이야!

엄마는 불평하기를 좋아했어. 예술의 경지에 다다랐다고 할 수 있지.
오늘 수영장은 정말 말도 아니었어. 물 튀기는 사람, 신음하는 사람, 그리고 미친 커플도 있었단다. 대체 뭣들 하는 건지 모르겠어. 단거리 경기? 애무?

엄마는 밥에 대해서도
불평을 많이 했어.
나도 나이 칠십이 훌쩍
넘어 파트너에 대해
이렇게 불평해 댈까?
나이 들면서
더 나아지고 싶어.
더 나빠지는 게 아니라.

어머니는 불행한 상태에서 행복감을 느끼시나 봐. 이상한 사이클이지!
!
좀 찔렸어. 이번 생에서 깨달음을 얻고 자비심을 가지려면 실천에 옮겨야 했지.

하지만 내가 느긋하고 친절하려고 노력하자마자 홀리가 너무 익숙한 불평을 했어.
시내에 살던 게 정말 그리워.

수평선도 안 보이고 하늘도 안 보여. 너무 어둡다고! 정원을 어떻게 가꿔?
시내에 가서 살면 난 죽을지도 몰라!

대체 무슨 일이죠? 내가 여자들을 산에 있는 나만의 보루로 억지로 꾀어오는 것도 아니고.
내가 그랬나?
그나저나 '보루'가 대체 뭐예요?

시골에 살아서 행복하지 않은 홀리의 마음을 상쇄시키려고 별로 내키지 않아도 다른 제안들을 받아들이기 시작했어.
매일 40분? 이거…제정신이 아닌데!
INSANITY WORKOUT PLAN
인새니티● 운동 계획

● Insanity. 사전적 의미로 '미친 짓', '제 정신 아닌'을 뜻함. 미국 피트니스 트레이너 숀 티(Shaun T.)가 개발한 고강도 운동 동영상 프로그램. 숀 티는 공개적으로 커밍아웃한 게이이며 파트너와 두 아이를 키움.

인새니티는 요즘 유행하는 '고강도 인터벌 트레이닝●'이야.
짧은 시간에 확 몰아서 최고로 격하고 빠르게 하는 운동이지.

15:27
효과가 좋아!

카리스마 있는 트레이너 숀 티는 조금씩
다른 동작들을 하면서 끊임없이 뛰어 오르내리게
열심히 권해. 실패할 때까지.

35:20

산스크리트어로 내면의 평화라는 의미인 샨티에서 '숀 티'라는 이름을 따왔는지는 언급이 안 돼 모르겠지만,
그 운동은 내면의 평화를 느낄 수밖에 없는 상태로 이끌어.

LONG-FORM BIRTH CERTIFICATE
FAILS TO SHUT UP BIRTHERS
대통령 출생증명서 진위를 부인, 대통령 당선이 위헌이라고 주장●
INSANITY
새로운 대통령이 맞닥뜨린 항의 수위에 경악했어.
대통령이 나보다 한 살 어리다는 사실에도.

인새니티는 몸을 생동감 넘치게 해 줬어.

그해 여름 휴가에
일을 갖고 가긴 했지만
우리는 많이
놀기도 했어.

(홀리를 만나기 전
나는 수년 동안
휴가를 가지 않았어.
하지만 여름에는
바다에 가야 한다는
홀리의 습관을
마지못해
받아들였지.)

● High-intensity interval training. 높은 강도의 운동 사이사이에 짧은 휴식을 넣어 일련의 운동을 반복하는 신체 훈련 방법.

● 버락 오바마(Barack Obama) 당선 때 오바마가 미국 태생이 아니라는 이유로 대통령 당선이 위헌이라 주장하는 사람들이 있었음. 출생증명서를 공개했지만 이의 진위마저 부정함.

홀리가 멋지게 공을 잡은 뒤,
우리는 신나서 한바탕 전력 질주했어.
홀리가 나를 따라오는지 뒤돌아봤을 때
공이 대기를 가르며 날아왔지.
마음은 8월 하늘처럼
텅 비었어.
우리는 몰입했지.
맙소사.
그해 꼬박 그리고 또 그려서
엄마 책을 완성했어.
너무 몰입한 나머지 나는 해마다 찍던
비디오 일기도 잊었어…
JUST KIDS
PATTI SMITH
저스트 키즈
패티 스미스
…내 몸이 나이 들며 변하는 모습을 기록하려고
마흔이 되면서 시작한 프로젝트야.

엄마가 볼 수 있게
시간 내 완성해서
다행이었지만
완성된 책을 보고
알 수 없는 기분이
들었어.
엄마를 기쁘게 하려고
너무 노력했나?

아니면 충분히 노력하지 않았나? 엄마의 사생활을 그만큼이나 침범한 것도 모자라,
아빠 책의 뮤지컬 저작권을 팔았어.
뮤지컬에서 너를 연기할 배우에
관한 기사 봤니?
엄마, 그 배우
엄마 역할이에요!
뭐--라고!
기쁨과 공포가
뒤섞인 반응.

나는 새로운 책을 쓰기 시작했어. 운동에 관한 가볍고
재미있는 회고록이지. 단숨에 시작할 수 있는 주제.

January 2013

EXERCISE
BOOK

스키같이 기분 좋은 것들을 쓰면 돼. 홀리의 친구들과
함께 스키 탄 지 벌써 여러 해니까.
야외 활동에 단련된 여성들이야.
그 친구들이 텔레마크* 장비를 갖추고 산간에
들어갈 때 나는 얇은 스키를 신고 뒤쫓아 갔어.

오르막은 괜찮아. 장비가 가벼울수록 올라가기 쉬우니.
하지만 내리막길에서 친구들이 나무 사이 틈으로
부드럽게 내려갈 때….
…나는 어색하고 뻣뻣하게
방향을 바꿔야 했어.

* Telemark. 회전할 때 한쪽 무릎을 구부리는 스키 기술. 노르웨이의 텔레마크라는 지방의 이름에서 따옴.

70세인 샐리는 우아한 '텔'턴*을 했어. 60년대에 스키가 좋아 버몬트에 와서 남편이랑 농장을 가꾸며 생활했대. 샐리와 남편, 둘 다 커밍아웃하기 전까지.

야하!

* 스키 신발 뒤꿈치가 고정되지 않아서 가능한 무릎 굽히기 기술

오래전부터 텔 스키를 배우고 싶었어. 그런데 올해 장비를 보러 갔더니 시내에 신제품이 나왔더라고.

BACKCOUN
EQUIPM

이건* 올라갈 때 뒤꿈치가 자유로워요.

* 알파인 투어링

햇병아리

…내려갈 때 잠그면 되고요.

딸각
SNICK

스키, 자전거 업계가 장비를 팔려고 계속해서 방법을 고안하는 걸 알지만 신제품들을 보면 꽤 경이롭지.

새로 산 알파인 투어링 장비는 무거웠지만 그걸 타고 오르막을 꿋꿋이 올라가면 어렸을 때 배웠던 알파인 스키 방식으로 내려올 수 있었어.

어린 시절로, 제자리로 돌아오는 하나의 방법이었어…
우아!
…어쩌면 그때 이후로 잊고 지내던 초심자의 마음으로.

기능복은 점점 더 진화해서 인체 공학적이면서도 편안했어. 이제 나는 거의 늘 운동 기능복만 입어.

APTERYX
ibis

「스타 트렉」 의상 디자이너들이 의복의 미래를 얼마나 정확히 내다보았는지 감탄스러워.

엄마가 다시 아팠어. 출장을 가고 엄마 집을 오가며
스트레스가 많은 두세 달을 보냈어.
밥하고 얘기해.
피곤하다.
장염이야.
괜찮아질 거다.

어느 날 밤 엄마 집에 도착했을 때, 곰팡이 낀 접시가
싱크대에 그냥 놓인 보고 걱정이 됐지.
하지만 엄마는 셰익스피어의 소네트를 정확하게 기억했어.
아직
안 주무셨네요!
73번 두 번째
사행시 좀 읽어 주렴.

한 달쯤 뒤에 엄마는 재니스 조플린 시디를 틀어 달라고
했어. '터틀 블루스'를 들으며 엄마는 아주 살짝
장난스럽게 엉덩이와 어깨를 흔들었지.
나는 절대로 그것들을
대하지 않아, 그대,
그래야 하는 것처럼…
JANIS
NEW YORKER
TLS
Star
BRIT
BABY
BUMP
가톨릭 취향.

다음 날 의사가 엄마를 보고 침착하게 말했어.
"이제 마지막이에요." 의사는 엄마를 말기 환자를 위한
완화 치료 병원에 입원시켰어.
사정없이 그냥
바로 말하네요.
응.
H
기분이 어떠냐고 묻지 않았어.

그날 밤 엄마의 빈집으로 가서는
울부짖는 야생 동물처럼 통곡하며 이 방에서
저 방으로 비틀비틀 돌아다녔어.
이런 날을 대비하려고
애써 왔지.
하지만 엄마가 진짜로 떠나기 전까지는 얼마나 많은 곳에 엄마의 흔적이 스며들었는지 짐작할 방법이 없어.
엄마는 아직 돌아가시지도 않았고.

얼마 뒤 엄마는 호스피스 돌봄을 받으러 집으로
왔어. 매일 조금씩 더 약해졌지.
엄마에게 의식이
있었다면 못할 행동.
스스로를 의심하는 마음이 점점 약해졌어.
처음으로 정확히 뭘 해야 하는지 알았지.
아무것도 하지 않고, 그냥 있는 것.
실로시빈에 취한 공원에서의 그날처럼.
그저 존재하는 것만으로 축복받은 성스러운 오아시스.
소네트.
2년 반이라는 진단 후 7년이 지나고,
YMCA에서 마지막으로 운동한 지 10주가 지나서…
…엄마는 바퀴 달린 들것에 누워 장의사와
뒷문으로 나갔어.
물론 그건 엄마의 몸이지.
엄마 자신은 아니야,
내가 세상에 왔던 그 문을 통해서.
다음은 내 차례겠지.

하지만 그사이 하던 일을
전속력으로 다시
시작했어.

이미 꽉 찬 일정에
긴급한 항목이 또 늘었지.

그리고 어째서인지 술이 그 모든 일을 처리하는 해결책으로 보였어.
술에 취하진 않았어. 매일 저녁 살짝 마셨지.

Which Hogwarts subject would you most excel in? ★
당연히 변신술이지.
ESTATE PLAN
INSURANCE
Bills
ACME REALTY
ACME AUCTIONS
This quiz brought to you by Cambridge Analytica.● Click here for more! ★

긴장을 풀어야 했어. 그래야 잘 수 있었거든.
잠을 자야 다시 일어나 살아가지.

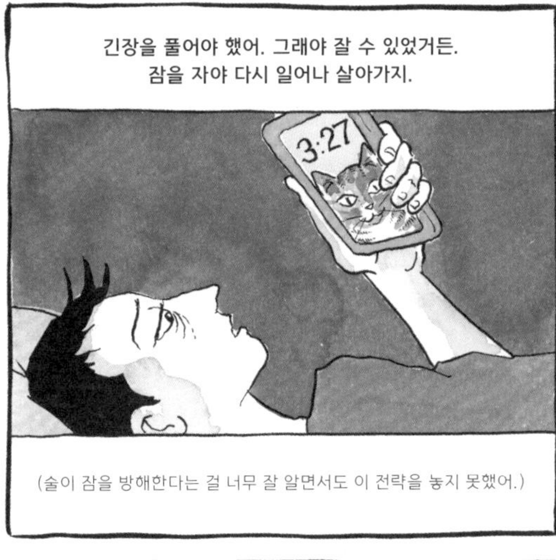
3:27

(술이 잠을 방해한다는 걸 너무 잘 알면서도 이 전략을 놓지 못했어.)

삶은 점점 흐릿해졌어. 가볍고 재미있는 운동 책을
쓸 시간도 없었고, 운동할 시간조차 없었는걸.

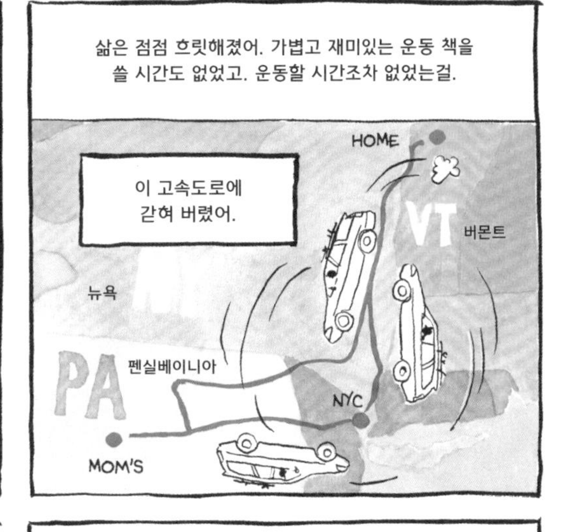
이 고속도로에
갇혀 버렸어.
HOME
VT
버몬트
뉴욕
PA
펜실베이니아
NYC
MOM'S

엄마가 돌아가시기 이틀 전, 뉴욕 타임스가 건강 칼럼에
흥미로운 새 운동 방법을 소개했어.

9. High knees running in place.
7분이면 되는 과학적 운동
THE SCIENTIFIC 7-MINUTE WORKOUT
12 exercises and you're done.
12가지 동작이면 끝
By GRETCHEN REYNOLDS
그레첸 레이놀즈

인새니티처럼 고강도 운동이었지.
할 수 있는 한 힘껏 죽어라 하는 거야.

딱 7분만!

★ 호그와트에서 가장 잘할 수 있는 과목은?

★ 이 퀴즈는 케임브리지 애널리티카에서 제공됐습니다. 더 알고 싶다면 여기를 클릭하세요!

● 케임브리지 애널리티카는 페이스북 사용자 수천 명의 자료를 수집, 분석하고 선거 운동에 이용함으로써 도널드 트럼프 대통령의 당선에 큰 도움을 주었다고 알려짐.

7분이면 되는 자기 가학적 운동

THE SEMI-SADISTIC 7-MINUTE WORKOUT

12 exercises, and you're done for. 12가지 동작이면 끝.

내 삶 자체가 고강도 인터벌 트레이닝이 되었으니 이 운동은 나를 구원해 줄 거야. 딴 생각이 들기 전에 아침에 일어나자마자 이 운동을 하지. 세 개의 대륙, 셀 수 없을 정도로 많은 도시에서 했어. 이 운동은 내 몸에 탄력을 회복시키고, 정신에 명료함을 가져오며 내 영혼에 낙천성을 불러일으킬 거야. 영혼이 뭔지는 아직도 모르겠지만.

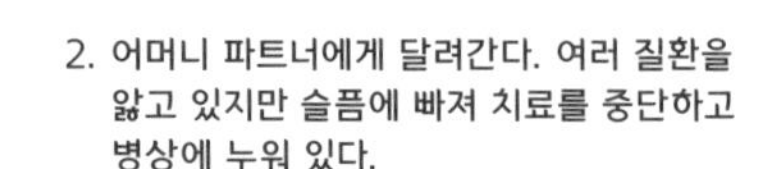

1. 슬픔에 잠긴 채 커다란 쓰레기통을 빌려서 돌아가신 어머니 집에 있는 물건들로 채운다.
2. 어머니 파트너에게 달려간다. 여러 질환을 앓고 있지만 슬픔에 빠져 치료를 중단하고 병상에 누워 있다.
3. 가족 회고록으로 만든 오프브로드웨이 뮤지컬에 참석하려고 서둘러 떠난다.

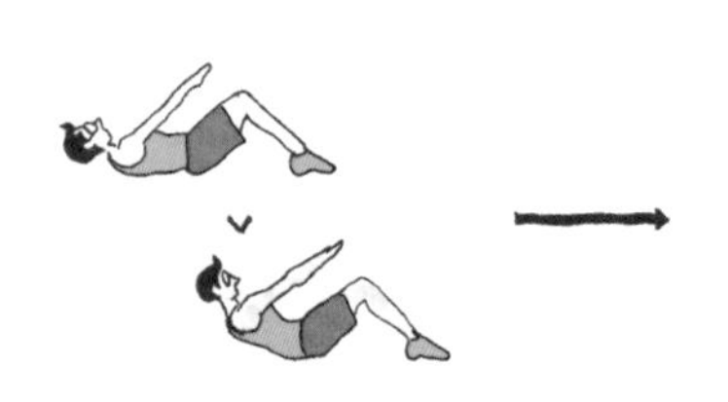

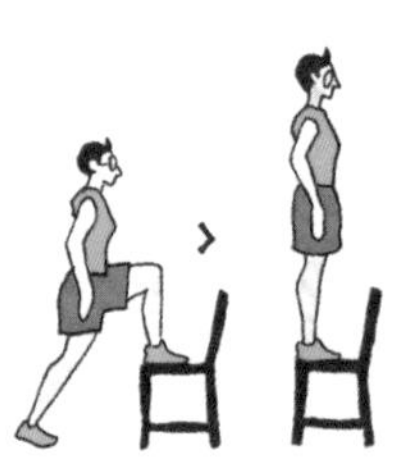

4. 다루기 힘든 가족을 방법적으로도, 감정적으로도 복잡한 작전을 써서 소집해 뮤지컬을 함께 본다.
5. 강연, 인터뷰 등 바쁘게 돌아다니며 녹초가 된 나머지, 내가 다른 버전의 나를 연기한다는 사실을 깨닫는다. 여러 자아가 충돌한다는 게 이런 기분일까.
6. 프랑스에서 열리는 만화 축제로 날아간다. 어리둥절해하는 이민자 고등학생들에게 레즈비언 만화와 게이 아빠에 대해 영어로 얘기한다.

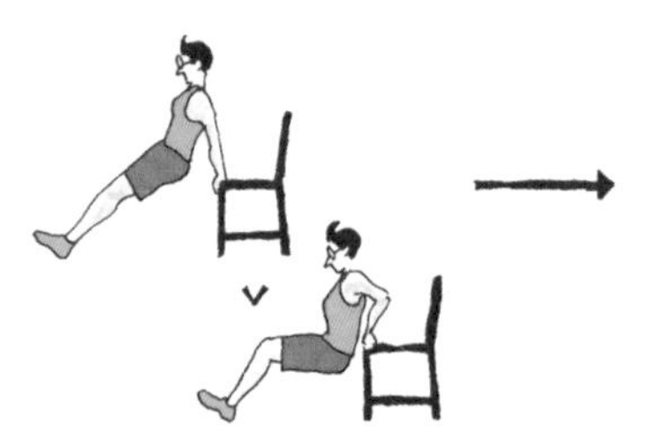

7. 공개 석상에 참여하려고 남반구로 간다. 행사에 참여할 때마다 거침없는 썰물처럼 생명력이 빠져나가는 것에 주의한다.
8. 이탈리아 레지던스 프로그램에 참여할 자격이 있는지 받아들이기 어려워하던 중 맥아더 '지니어스' 상을 받는다. 뮤지컬은 이제 오프브로드웨이에서 브로드웨이로 옮겨 간다.
9. 이런 생각이 실제로 꽤 자기도취적이고 방종하다는 사실을 깨달으면서 마음속 깊숙이 자리한 기만의 느낌에 더욱 사로잡힌다.

10. 브로드웨이 뮤지컬을 홍보하기 위해 많은 홍보 매체에 참여한다. 내 얘기를 떠들어대는 일이 마침내 지겨워졌다는 사실에 놀란다.
11. 안 받으면 무례할 것 같은 상과 영예를 줄줄이 받는다. 매번 상을 받을 때마다 그 이전보다 더 고갈되고 멍청해지는 기분이다.
12. 이제부터 인생이 곤두박질치는 게 아닐지 의문한다.

수십 년 동안, 집에서 아주 긴 기간 적막하게 일하다가
가끔 대중들과 만나면 기분 전환이 되는 패턴이었어.

BURBERRY
DOWNUNDER DOOVALACKIES
이제는 그 패턴이
완전히 뒤바뀌었지.

내 속은 그냥 텅 빈 게 아니라 바싹 말라 버렸지만,
운동에 관한 책을 시작해야 했어.
적어도 이 핏빗●이 뭔지 알아보자고 마음먹었지.

시드니 공항 경유.
FITBIT

수천만 명의 사람들이 신기하게 생각했듯이,
하루에 얼마나 많이 걷는지 세는 건 새로운 발견이었어.

66
와!

스스로 신체 활동이 많다고 생각했지만, 실제로는 대부분의
자가용 운전자들처럼 어딜 잘 걸어 다니지 않았지.

엄청나게 큰
호주 박쥐들!
발이 아팠던 건
아마 쓰지 않아서였나 봐!

더 많이 걷기 시작했어. 가능하면 걸어서 볼일을 보러 다니고.
밖에 나가지 않은 날은 만 보를 채우려고
러닝 머신*에서 걸었어.

✱ 숲속에 갇혔다는 느낌을 덜어 주려고
홀리를 위해 몇 년 전 구매.

하루는 시간에 쫓겨 걷는 대신 5킬로 정도 뛰었어.
뛴 지 너무 오랜만이었지. 달리기가 기분 변화에
어떤 기적적인 효과를 주는지 잊었었어.

고요해!

오래된 무릎 통증이
사라졌어!

TRED

ROLLERBLADING FOR FUN & PROFIT

LIGHT ON YOGA

● Fitbit. 걸음 수, 심박수, 수면 시간 등 데이터를 측정하는 스마트 밴드.

다음 날 일어났을 땐 탈수기에
탈탈 털린 느낌이었어.
고강도 운동, 요가,
근력 운동, 자전거,
스케이팅, 스키 등
많은 운동을 했는데도
몸이 이렇게 쑤시다니
좀 놀라웠어.
달리기는 다른 운동이
건드리지 못하는 근육까지
자극하는 게 분명해.
일주일에 한두 번씩
다시 뛰기 시작했지.

매번 힘들었어. 밖에서 뛰는 건 더 힘들었어.
하지만 내 두뇌가 달라지는 걸 느낄 수 있었어.
씩씩
느릿느릿
겨우 3mm 간격
희열감

달리기를 시작하고 머지않아 수면제를 끊었어.
홀!
여기 와서
노을 좀 봐!

시내였다면 노을을 다
볼 수 있을 텐데. 그냥 작은
분홍색 구름 말고.

음…나는
뒤뜰이 커야 해.
비밀 정원을
만들어 줄게!
이 어두운 계곡을 절대 떠나지 않을 거라는
마음을 놓아 버린 것도 이때쯤이야.

실마리가 풀리는 듯했지만,
여전히 슬럼프에 빠졌어. 하지만 어쩌면 빠져 나올 수
있을지도 모르지. 산에 대한 주제가 떠오르기 시작했거든.

The DHARMA BUMS
MINOR CHARACTERS
MARGARET FULLER
COLERIDGE
HOME AT Grasmere
UPANISHADS
POETS on the PEAKS ★
SNYDER, WHALEN & KEROUAC in the CASCADES

진짜 산을 오르고 싶었지. 홀과 나는 웨스트 코스트에
여행 가기로 했어. 시에라 고원에 가면 어떨까?!

TRUMP
STRONGER AMERICA
MSNBC
『다르마 행려』에 나온 산은 어때?!

그 정도로 큰 산에는 오른 적이 없었어.

높이 3.7km
글쎄…
NEW YORKER
VANITY FAIR

홀리는 안데스산맥에 오른 적이 있는데
고산증으로 쇠약해져서 고생했대.
내 계획에 동의했지만, 한편 주저하는 듯했지.

내가 거의 죽을 뻔한 자리 근처 노새 사체에서 나온 뼈야.

뉴질랜드에 있는
산을 보고 감동했어.
우리에겐 퀸스타운 위
'벤 로몬드'라고 불리는
산 정상을 오를
시간밖에 없었지.

높이는 1.7km로
스코틀랜드에 있는
원조 벤 로몬드보다
훨씬 높았어.

물도 떨어지고 홀리가 허리를 다쳐서 도로 내려와야 했어.
정상에 오를 수 없다는 사실로 거의 몸이 아플 지경이었지.

★ 정상 위의 시인들, 캐스케이드에서 스나이더, 웨일런, 케루악

마거릿 풀러는
뉴잉글랜드를 떠나 유럽으로
간 지 얼마 뒤 나이 서른여섯에
처음으로 벤 로몬드*에 올랐어.

내려오는 길에 같이
등산을 하던 무리와 떨어져
길을 잃고, 추운 9월 밤을
산에서 홀로 보내게 됐어.

절벽에 튀어나온 바위 가까이로 포효하는 물줄기에 둘러싸인 채
몸이 젖고 두려웠지. 마거릿은 냉정을 잃지 않고 체온을 유지하려 계속 움직였어.

나중에 이 경험을 '숭고함'으로 묘사해.

자립적인 모험을 하고 난 뒤 곧 제임스 나단
(비열한 놈)에게 자신이 쓴 편지를 돌려받아.
그와 끝낸 거지.

팅!
DINK!

1832년, 에머슨은 성찬식을 거부하면 교회에서
퇴출당할 거라는 소리를 듣고, 이 문제에 대해
생각해 보려고 뉴햄프셔에 있는 산으로 들어갔어.

그때 목사직을 떠났지.

콜리지 역시 산에서 삶의 전환점이 될 만한 경험을 했어. 1802년 여름, 혼자서 영국 북서쪽 지역 레이크 디스트릭트에 있는
스카펠 산을 향해 펠 워킹**을 갔을 때야. 깎아지른 듯한 내리막에서…

얼마나 고요하고
축복받은 순간인가…
…너무 가팔라 오도 가도 못하는 곳에 갇혀 버렸지.
콜리지는 등을 대고 누워 흘러가는 구름을 보았어.

✱ 그저 즐기기 위해 이렇게 한 사람으로는 처음이 아닐까. (줄로 조이는 가방 안에는 방수복이 들어 있음.)

● 영국 스코틀랜드 중부 스털링주 로몬드 호수의 동쪽 기슭에 있는 높이 970m의 산.

● 펠 워킹(fell walking). 영국 북서쪽에 있는 언덕이나 고원을 걷는 활동을 일컬음.

콜리지는 점점 심해지는 아편 습관을 등산으로
잠재워 보려고도 했어.
산에서는 통증 완화제나 고양감이
필요 없었으니까.
'선지자에 가까운 초월과 기쁨의 상태'에서 깨어난
그는 갈라진 좁은 틈을 찾아 내려왔어.

1818년, 도로시는 영국에서 가장 높은 산봉우리인
스카펠 파이크에 올랐어. 그녀 나이 마흔여섯이었어.
친구, 하녀, 안내자, 짐꾼과 함께
딱히 불행이랄 건 없었지.
윌리엄이『레이크 디스트릭트 안내서』를 재판하면서
동생의 등산 경험 글을 도용한 걸 빼고는.

✱ 당시 윌리엄은 시보다
지역 안내서로 더 유명했음.

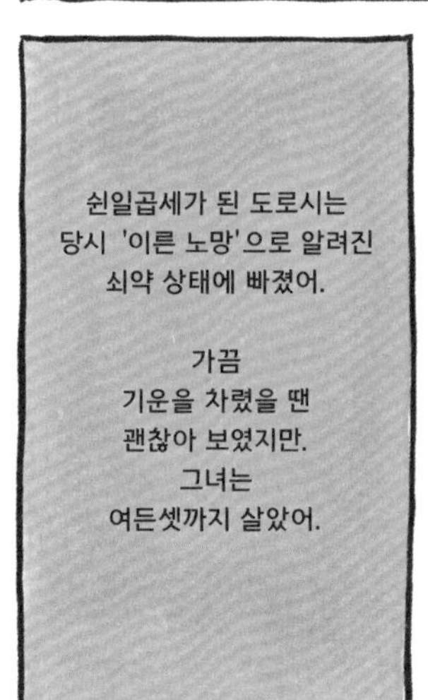
쉰일곱세가 된 도로시는
당시 '이른 노망'으로 알려진
쇠약 상태에 빠졌어.
가끔
기운을 차렸을 땐
괜찮아 보였지만.
그녀는
여든셋까지 살았어.

도로시의 전기를 쓴 프랜시스 윌슨은 '우울증으로 인한 가짜 치매'로 진단해.
치매로 보이는 심각한 우울증…
…도로시의 창의적 에너지가 장기간
억제되었기 때문이라는 거지.

내 나이 이제 쉰다섯. 아직 노망나긴 이르길 바랄 뿐.
하지만 뭔가 나를 병들게 했어. 케루악도 마터호른
등산이 자신을 변화시켜 주길 바랐지.

AVIS

'술에서 멀어지게' 라도.

홀리와 나는 베이 에리어에서 시에라까지 여행했어.
신혼여행*이자 나에게는 출장이기도 해서
우리 일정은 말도 안 되게 바빴지.

나무---다!

* 대법원이 동성 결혼을 합법화한 김에
결혼을 했어.

요세미티에서 하루를 보냈는데, 아름다운 광경을
짧은 시간 동안 한꺼번에 보니 묘하게 충격적이었어.

가볍게 스케치를
몇 개 해 봤지만…
…내 그림도 글만큼이나
영향을 받았지.

더 있고 싶었지만, 해 질 무렵 가까스로 내려와 우리
목적지에서 가장 가까운 도시에 도착했어. 잭은 산에서
내려오자마자 게리를 여기 술집으로 억지로 끌고 왔지.

MOTOR
HOTEL
Bridgeport Inn

모르도르● 처럼 보이는 뾰족한 돌산이 노을을
완전히 가렸어. 써투쓰 릿지● 였지.

마터호른 중 하나야!
오싹한걸.

● Mordor. '어둠의 땅'이라는 뜻. 『실마릴리온』, 『반지의 제왕』에 등장하는 나라.

● Sawtooth Ridge. 톱니 모양이라는 뜻의 산등성이.

산장은 2km 높이에 있었어. 침대에 그냥 눕기만 해도
산소가 부족했지. 잠을 잘 수가 없었어.
지금은 뭐 먹어?
애드빌.®
고산병 약이랑 두통약을
이미 먹은 상태

이튿날 적당히 걸으며 몸을 풀고 나서,
환경에 적응하는 데 하루 더 보내지 말고
다음 날 바로 마터호른에 오르기로 했어.
%&#$!
뭐 해?
혼자 하는
브리지 카드 게임

이메일을 확인해 보려고.
잭 케루악처럼.
느린 위성 인터넷
게리와 잭은 산에서 밤을 보냈지만, 우리는 가능한 밝은
낮 12시간 안에 산을 오르내리기로 계획했어.

9월 말이었지. 『다르마 행려』의 등산보다 몇 주 일러.
내가 무조건 정상에 오르려고 성급하게 굴까 봐
홀리는 걱정했어.
두려운 느낌이
강하게 들어.

지피에스(GPS) 지점이 표시된 자세한 등산 안내서를 인터넷에서 찾았어. 몇 년 전에 여길 왔던 여성이 쓴 거였어.
그녀는 풍자적으로 이렇게 덧붙였지. 케루악 때문에…
목표 지점.
…그 산은 '사람들을 끌어들인다.
케루악이 아니라면 3등급® 산맥 정상에
오를 일이 없는 사람들을.'

● Advil. 진통제.

● 등반의 등급 체계. 요세미티 십진법 체계는 등반의 난이도를 가장 평이한 1등급에서 전문 등반인 5등급까지 나눔.

등산로는 금방 끝났고 우리는 잭이 묘사한
끝없는 바위 계곡을 오르기 시작했어.
게리는 바지를 벗고 속옷 바람으로 등산했다지.
발 한번 잘못 디디면 무릎을 부딪치거나 발목 삐기 딱 알맞아.
넓디넓은 우주에 무한한 길이 있지…
…하지만 방향은 딱 하나. 위로 향하는 거야.
산이 붓다라고 생각할 힘도 없었어.
GPS 기록한 여자가 저쪽으로는 가지 말랬어. 막혔대.
데솔레이션 피크*에서 잭은『금강경』을 읽고 또 읽었어.
부정과 역설로 가득해 파악하기
힘든 가르침으로 악명 높지.
경전의 이름은 단단해서 잘 부서지지 않는 금강의 성질,
사물을 꿰뚫는 능력에서 유래했어. 경전이 관통하며
자르는 것 중 하나는 자아에 대한 생각이야.
붓다는 다른 것과 마찬가지로 자아는 본래
실체가 없다고 가르쳤어. 영원하지 않고
상호 의존적이기 때문이야. *텅 빈* 상태지.
DING! 띵!
이따금 통신이 끊기는 휴대폰

● Desolation peak. 워싱턴 캐스케이드 북쪽 산맥에 있음. 1956년 여름 이곳에서 케루악이 화재 감시원으로 63일을 보냄.

붓다의 후기 가르침은 관점이 더 나아가서
비움 그 자체가 텅 비었다고 해.
비움 그 자체가 비었다는 관점 자체도
비었다는 거지.
'…진리에 집착해서도 안 되고, 진리가 아닌 것에 집착해서도
안 된다…진리도 버려야 하거늘 하물며 진리 아닌 것은 어떠랴.'
정상에 오르려면 거리로 800m,
수직으로 300m가 남았는데, 시간이 부족했어.
우린 돌아가야 해.
책이 무서워 두려움에 얼어붙었던
바로 그곳쯤.
경전 끝 짧은 구절, 가타*에, '모든 것은 고독으로,
자아 없이, 형상 없이 바라보아야 하고…
…모든 것은 하늘 같고, 햇빛 같고, 어두움 같고,
허깨비 같고, 꿈 같고, 번개 같고, 물거품같이
바라봐야 한다.'고 해.
여기 위는 무서웠어.
아찔했지.
이번엔 돌아서는 데
마음이 놓였어.

* 가타(Gāthā, 伽陀). 산스크리트어로, 부처의 공덕이나 가르침을 찬탄하는 노래 글귀를 뜻함.

미끄러지며 날아가듯 뛰어 내려갔어. 두 시간 동안 올라온 돌 비탈길이 내려가는 데는 몇 분밖에 걸리지 않더라고.
『다르마 행려』는 건기가 끝나고 비가 오면서 잭이 산꼭대기를 내려오는 장면으로 끝나.
잭은 구름이 몰려오고, 천둥이 울리고, 무지개가 번개 친 개울로 활을 그리며 떨어진다고 초월적으로 묘사하지.
『금강경』 마지막 가타의 깜빡이는 현상을 떠올리게 해.
하지만 잭은 아무것도 초월하지 못했지. 이 경험 이후에 잭의 삶은 모든 면에서 곤두박질쳐.
거무튀튀한 눈밭. GPS를 기록한 여성의 사진에 7년 전 찍힌 것보다 훨씬 작아짐.
1955년보다 훨씬 더 작아졌으리라는 건 의심의 여지가 없음.
잭은 육바라밀*에 근거해 나뉜 『금강경』 문집을 읽었지. 육바라밀은 불자의 '완성' 혹은 '초월적 실천'이야.
실제 경전은 그렇게 구성되지 않았어.
하지만 가톨릭이었던 잭은 이 형식대로 하루에 한 부분씩 일주일 만에 다 읽고, 처음부터 다시 시작해, 읽고 또 읽었어.

● 六波羅蜜. 태어나고 죽는 현실의 괴로움에서 벗어나 번뇌와 고통이 없는 피안의 경지에 이른다는 뜻으로, 열반에 이르고자 하는 보살의 수행을 이르는 말. 마음을 수행하는 6가지 방법을 육바라밀이라고 부름.

책은 다르마에 집착하지 않는 핵심을 놓치고 있는 게 아닌가 싶어. 나도 마찬가지였지만.
이놈의 위성 인터넷!
PLATYPUS

그나저나 이 등반으로
뭘 얻고자 한 걸까? 열반?

등반은 나를 구해 주지도
변화시키지도 않았어.
오히려 상태가 더
나빠졌지. 홀리와 나는
여행하면서 며칠
내내 심하게 싸웠거든.

그런 다루기 힘든 갈등은 자기 자신의 일부를 상대에게 무의식적으로 떠넘기는 '투사적 동일시'의 징후라고 심리 치료를 통해서 배웠지…
…공격하기 쉬운 상태일 때…
…상대도 그렇게 하고.
나는 내 몫을 들여다봤어. 너도 좀 그랬으면 좋겠다고!
삼나무 숲

우리는 상대를 자기의 연장으로 봐. 상대를 상대 그대로 바라보지 못하지. 그런 줄 알면서도 은근히 계속되는 이 악순환의 고리를 끊기란 어려워.
자꾸 내 핑계 대지 마!
너나 그러지 마!
태평양

집에 돌아온 뒤에도 여전히 작업이 나아가지 않았어. 창작의 기쁨은 다 어디로 간 걸까?

하루는 괴로움에서 벗어나려고 골짜기를 오르던 도중 내가 홀리에게 그 기쁨을 건네줬다는 걸 깨달았어.
홀리는 자주 내 작업에 흥미를 느끼거나 아이디어를 줬는데, 나는 이걸 다소 불쾌하게 받아들였어.
나는 대체 왜 이러는 걸까?
홀리를 통해서 나의 기쁨과 흥분을 공격한 거야. 내 느낌이 실망으로 바뀌기 전에 억누른 거지.

몇 년 전에 머리를 담갔던 작은 폭포에 늘 찾아갔지만, 보통은 흐르지 않았어.
그날은 물이 흐르는 거야.

우아!

걸어오는 동안 아이디어가 줄줄이 떠오르기 시작했어. 그 계곡 효과 있네!

홀리는 강가 언덕 아래, 해가 잘 들어오는 작업실 겸 목공실을 구했어. 이사하자고 요구하지 않고 데르비시●처럼 정성껏 정원을 가꾸기 시작했지.

● Dervish. 이슬람교 신비주의자. 금욕과 고행을 중시하고 청빈한 생활을 이상으로 했음.

내가 경험하기 시작한 회복에는 여러 요소가 작용했어. 그중 하나는 한곳에 머무르는 것.
몇 년 만에 처음으로 방해받지 않고 오랜 기간 집에 머물렀지.
하지만 모든 걸 뒷받침한
핵심 요소는 달리기였어.
2016년 가을 즈음엔,
달린 지 벌써 2년이 지났지.
달리기는 이제 헐떡이거나 뼈가 삐걱거리는
고통이 아니라 기분 좋은 고생이었어.
LEAHY
END CORPORATE
WELFARE
Hillary
더 자주 달릴수록 쉬워진다는 사실을 깨달았어.
여행 다니면서 이틀 넘게 달리기를 쉬면
몸이 굳는 느낌이었지.
Bernie 2016
EAT
MORE
KALE
달리기는 습관이 됐어.

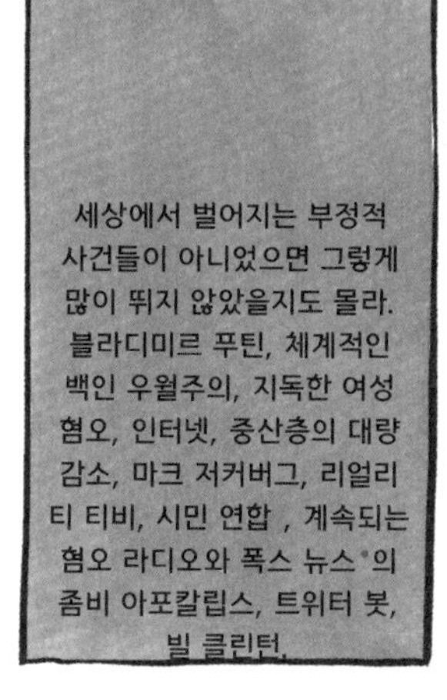
세상에서 벌어지는 부정적
사건들이 아니었으면 그렇게
많이 뛰지 않았을지도 몰라.
블라디미르 푸틴, 체계적인
백인 우월주의, 지독한 여성
혐오, 인터넷, 중산층의 대량
감소, 마크 저커버그, 리얼리
티 티비, 시민 연합•, 계속되는
혐오 라디오와 폭스 뉴스•의
좀비 아포칼립스, 트위터 봇,
빌 클린턴.

선거일에는 결과가 어떻게 나올지 너무 긴장돼서 보통 때 보다 두 배로,
한 시간 넘게 달리면서 시간을 보냈어.
마음이 무척 편안해지고 기분이 나아지는 효과가 있었어.

• Citizens United. 미국 보수 비영리조직.

• Fox New. 보수 성향의 24시간 케이블 텔레비전 뉴스 채널.

…기분이 나아지는 걸
찾은 건 거의 행운이었어.
앞으로 몇 날, 몇 달,
몇 년 동안 기분을 개선
하고 안정시킬 일이
절실하게 필요해질
참이었거든.

미국은 독재자를 뽑았어.

자기 내면의 약점을 모든 이에게 투사하는 남자. 효과가 있었지.
곧 나라의 절반이 그 남자처럼 무력감을 느꼈으니까.
나약함.
멍청이.
부패.
실패.
거짓말쟁이.
그 남자 머릿속 혼돈이 바깥세상을 덮쳤어…

…현실 자체가 공격당했어.
가짜.
뉴욕타임스
The New York Times
ORNIA FIRES
ST IN HISTORY
캘리포니아 산불,
역대 최악
WALDEN
월든
상황은 나아지지 않았지.
지구가 말 그대로 불타고 있었어.

운동에 관한 책은 이제 터무니없는 사치 같았지.
뭐라도 해야 했어! 음주를 다시 시작했지…
LIVE
MSNBC

…하지만 뛰는 거리도 늘어났어. 달리기도 나름 뭔가 하는 거니까.
네트워크 시스템이
작동 안 하면 적어도 달려서
저항의 메시지를 전달할 수 있어.
하지만 혼자만의 상상이었지.

더 오래 뛸수록
맥박이 떨어졌어.

밤에 잠들기 위해
스카치위스키 한 모금을
찾지 않아도 됐지.

'내면의 평화' 말고
달리 묘사할 수 없는
뭔가가 희미하게
반짝이기 시작했어.

어느 날, 삼십 대 후반에 달리기를 그만뒀을 때 술을 다시 마시기 시작했다는 사실을 깨달았어.
그걸 반대로 뒤집는 건가? 술을 덜 마시게 됐으니…
…또한 와인보다 맥주가 더 당겼어.
저녁에 한잔하는 걸 완전히 포기하기란
상상조차 할 수 없었어.
FEE
BEE!
RATCH
RATCH
ACME

케루악이 맥주와 위스키를 섞어서 온종일 마셨던 것처럼, 나도 맥주에 발목이 잡혔지.
『금강경』을 공부하면 할수록,
바라밀을 계속 마주쳤어…
…보살의 길을 걸으려면 익혀야 하는
여섯 가지 '초월적 수행'

보시●, 지계●, 인욕●, 정진●, 선정●, 반야●. 사실, 수행 자체가 길이지.
그 길은 끝이 날카로운 면도날 같아서 가로지르기 어렵도다.
육바라밀은 자비심을 키우고,
이해하기 어려운 현실을 뛰어넘게 도와줄 거야…
…자아를 넘어서서.

- 보시(布施). 자비심으로 남에게 재물이나 불법을 베풂.
- 지계(持戒). 계를 받은 사람이 계법(戒法)을 지킴.
- 인욕(忍辱). 마음을 가라앉혀 온갖 욕됨과 번뇌를 참고 원한을 일으키지 않음.
- 정진(精進). 일심(一心)으로 불도를 닦아 게을리하지 않음.
- 선정(禪定). 한마음으로 사물을 생각하여 마음이 하나의 경지에 정지하여 흐트러짐이 없음.
- 반야(般若). 대승 불교에서, 만물의 참다운 실상을 깨닫고 불법을 꿰뚫는 지혜. 온갖 분별과 망상에서 벗어나 존재의 참모습을 앎으로써 성불에 이르게 되는 마음의 작용.

2018년 선거일 즈음엔
12km를 가볍게 뛸 수
있었어.

민주당이
다시 하원의 과반수를
차지했지.
깜깜한 어둠 속
희미한 한 줄기
빛이라고나 할까.

유난히 어두운 오후였어. 시계를 늦춘 데다가 일주일 동안 비가 와서만은 아니였어…

사슴 사냥
기간 복장

…우리는 조금 전에 슬픈 소식을 들었어.
우리와 알고 지내던 사람이 몇 년 전에 이사 갔는데,
자전거를 타다가 차에 치여 죽었대.

우리 집에서 멀지 않은 곳에 후미진 폭포가 있었어.
다시 달리기 시작한 뒤에 발견했는데,
눈이 녹거나 비가 올 때 흐르다 말다 했지.

그날 아침
'그 전화를 받기 전에
『금강경』의 앞부분을
읽었어. 아마 오십 번째는
됐을 거야. 붓다의 제자가
질문하지.

'선여자, 선남자*가
보살의 길로
들어야 한다면…'

…어떻게 살아야 하고, 어떻게 그 마음을 다스려야 합니까?'

길이 목적지이다.
어쩌고저쩌고.

완성하지 못한 책이 어른거리는 게 지겨웠어.
무슨 내용인지 확신이 없는데 어떻게 끝내지?

* 불법에 귀의한 여자, 남자.

평소답지 않게 자신감이 솟구쳤어. 내 책이야.
무슨 내용인지는 내가 알지.
내가 원하는 대로
끝내면 돼.
이 순간으로
끝낼 수도 있지.

책을 끝내려고 허우적대는 불행으로부터
일종의 '행복감'을 끌어내려는 걸 알았어…
…왜냐하면
끝내기 싫었거든.
내 삶이 끝나지 않기를
바라는 것처럼.
후아!
하지만 내 삶은 끝으로 가고 있어.

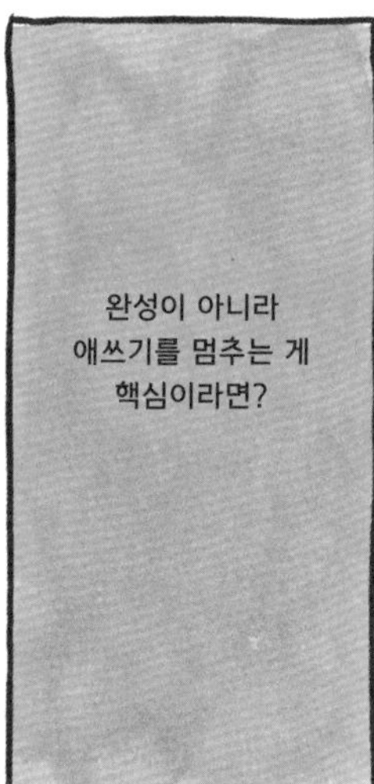
완성이 아니라
애쓰기를 멈추는 게
핵심이라면?

60년대에 스즈키 순류의 학생 몇몇이 스승을 요세미티에 모시고 갔어.

요세미티 계곡 상류 아래에서 스즈키는 큰 바위 꼭대기에서
갑자기 나타나 같이 간 사람들을 놀라게 했지.

『선심초심』에서 내가 가장 좋아하는 부분인,
「폭포와 열반」이라는 장에서
스즈키는 폭포에서의 경험을 얘기해.

우리는 태어나기 전 저 위에 있는 강과 같았대.

그렇게 하나였던 우리는 물방울로 흩어지고 나서
우리가 강의 일부였다는 사실을 잊고 두려워한다고.

하지만 머지않아 우리는 강에 다시 모일 거야.

Whether it is separated into drops or not, water is water. Our life and death are the same thing. ★

★ 물방울로 흩어지건 아니건 물은 물이로다. 우리의 삶과 죽음도 하나인 것을.

이런 말하긴 좀 그렇지만 다음 선거 때까지도 책을 못 끝냈어.* 이 길에는 지름길이 없는 게 분명해.

* 가제 : 60년 만에 식스팩 만드는 법!

어느 오후 뛰다가 발목을 심하게 삐었어. 땅에 얼마나 심하게 부딪혔던지 눈이 한동안 가운데로 모였었지.

다음 날 경험할 고통의 징조였어. 우리가 사랑하던 고양이가 갑자기 죽었거든. 감당하기 어려운 허무감에 홀리와 나는 동트기 전부터 일어나 명상하기 시작했어.

얼마 지나지 않아 홀리는 술과 고기를 잠시 끊겠다고 결심했어. 나는 마지못해 홀리의 결정을 따랐지.

매일같이 마시던 술을 끊을 수 있을지 확신이 없었지만 끊었어. 단단한 고리가 끊어졌지. 마법이 풀린 거야.

피로 풀림
자기혐오 없음
낙천적
(이제 33년 된 가운)

마침내 운동 책을 그리는 과정에 집중했어. 마감이 바로 코앞이었지.

마감 날짜 안에 모든 걸 그리고 채색까지 할 순 없었어.
OH, HEY!
어이, 거기!

홀리가 채색을
도와 주기로 한 뒤
얼마 있지 않아
코로나가 터졌어.

금욕적으로 명상하며
살던 우리는 이제
속세에서도 멀어졌지.

창작에 집중하면서 우리는 몰입했어.
문명의 붕괴조차 내 집중을 깨뜨리지는 못했어.
LIVE
...TWEETED SUPPORT FOR ARMED PROTESTERS
JUSTICE GINSBURG IS DEAD.
PEPPER SPRAY IS NOT A CHEMICAL IRRITANT!
AND NOW, THE FIRST PRESIDENTIAL DEBATE...

올해 일어난 혼란, 악의적 무능함, 죽음에 두려움을 느꼈어.
하지만 어째서인지 내면의 평온함은 그대로였지.
수도원 생활에서 벗어나
숲에 새로운 길을 만들었어.
박새가 손에서 먹이를
먹도록 훈련시킴.
개울가에 좀 더 쉽게 드나들게끔
홀이 늪 위로 다리를 만들었어.
이제 우리는 매일 그곳을 산책해.
일종의 명상이야.

여느 때와 같은 대규모 분열은 상황을 있는 그대로 볼 수 있는
기회였지. 하지만 우리가 그럴 수 있을까?
경찰
BLUE BLACK
BLACK LIVES MATTER
흑인의 목숨도 소중하다.

아니면 죽을 수밖에 없는 운명을 계속 부정하고, 서로의
웰빙에 의존하고 있다는 사실마저 부정할 것인가?
마스크 안 쓸 거예요.
코로나 바이러스는
민주당에서 만든
거짓말이에요.
대체 뭐가 문제야 저 #&%@?
나를 위한 메모: 음모론에 사로잡힌
이들에게 자비심을 기를 것.

★ …무장 시위 단체를 지원하겠다고 트윗했습니다. 긴즈버그 판사가 별세했습니다. 페퍼 스프레이는 자극성 화학물질이 아니다! 이제 첫 번째 대선 토론이 열립니다…

● 파란색은 경찰을 상징. 보수주의 진영에서는 경찰의 목숨이 더 중요하다고 주장함.(Blue Lives Matter).

● Hesperides. 그리스 신화에 나오는 여신들. 헤라가 제우스와 결혼할 때 가이아로부터 선물 받은 황금 사과나무를 지킨다고 함.

워즈워스의 시 뛰노는 새끼 양을 묘사하며 「영혼 불멸의 송가」는 시작해. 에이드리언 리치는
봄에 태어난 새끼 사슴을 「초절기교 연습곡」으로 상기시켜. 사슴은 나무에서 사과를 따 먹어…

'…둥그렇고/이미 노랗게 익은 과일/
그들은 영원한 헤스페리데스• 같아…'

…하지만 궁극적으로 리치는 영원과 불멸로부터 멀어지지.
마지막 연에서 여성은 부엌 식탁에 앉아 천 조각과 밀크위드• 꼬투리 같은 자연 부산물을 정리해.

the spiral of paper-wasp-nest curling ★
beside the finch's yellow feather.
Such a composition has nothing to do with eternity,
the striving for greatness, brilliance—
only with the musing of a mind
one with her body, experienced fingers quietly pushing
dark against bright, silk against roughness,
pulling the tenets of a life together
with no mere will to mastery,

리치는 이 세상을 초월하는
것에 대해 쓰지 않았어…

…지금 여기,
이 세상을 변화시키는 것에
관해 썼지.

찌질한 우리 자신조차 변화시킬 수 없다면
세상을 변화시킬 희망이 있겠어?

자연 서식지 파괴 → 유행병

HABITAT
DESTRUCTION
→ PANDEMICS

오늘 유엔 생물 다양성 협의체는
인간이 자연을 대하는 방식에
근본적 변화가 없으면 앞으로
우리는 %&#@ 될 것이라고
발표했습니다.

지혜처럼, 그 시는 아주 단순하지만 지금껏 있어 온 무언가를
드러내. 우리가 만물의 중심이 아니라는 사실.
트럼프 불안증• 폭등
사기입니다.
내가
이겼습니다.
TAD SURGES
걸을래?
좋아!

● Milkweed. 우유빛 수액으로 알려진 나무. 꼬투리가 비건 패션 소재로 쓰임.

★ 되새의 노란 깃털 옆 / 종이로 지은 듯한 말벌의 구불구불 나선형 둥지. 그런 구성은 영원, 위대함에 대한 추구, 광휘와는 아무 관련이 없이, 정신의 사색과 관련될 뿐 / 육체와 하나가 되고, 능숙한 손가락은 고요히 / 어둠을 밝은 쪽으로, 실크를 거친 쪽으로 밀어내고, 삶을 함께하는 원리를 끌어당겨 / 정복하려는 의지 하나 없이,

● TAD, Trump Anxiety Disorder. 미국 45대 대통령 트럼프가 대선 후보가 되고 당선되는 과정에서 트럼프를 지지하는 주변인 혹은 후보의 당선 및 재선 가능성 때문에 정신적 불안감이 높아지는 증세.

하지만 우리는
만물의 일부이기도 하지.
바로 그거야.
초월할 것은
초월할 것이 있다는 생각 뿐이야.
열반은 바로 윤회야.
마침내 이해했어.
무덤으로 향한다는 사실!
그 전에 먼저 풀어내야 할 몇 단계가
더 있지 않을까 싶지만.

체력을 지켜야겠어.
상황이 나빠지면 저항을 돕는 메시지를 전달해야 하니까.
아무도 조그만 할머니는 의심하지 않을 거야.

초인적 힘의 비밀
The Secret to Superhuman Strength

—

2021년 11월 5일 첫판 1쇄 펴냄

2022년 9월 28일 첫판 페이퍼백 펴냄

—

지은이	앨리슨 벡델
옮긴이	안서진
편집	노유다 나낮잠
디자인	이지연
펴낸 곳	움직씨

—

주소	경기도 고양시 덕양구 세솔로 149 1608-302 (10557)
전화	031-963-2238
팩스	0504-382-3775
이메일	oomzicc@queerbook.co.kr
홈페이지	queerbook.co.kr
트위터	twitter.com/oomzicc
인스타그램	instagram.com/oomzicc
온라인 스토어	oomzicc.com

—

인쇄	넥스프레스
ISBN	979-11-90539-15-9 (03840)

—